George W. Tell

*Er kam, um morgen
die Zukunft von gestern zu gestalten*

NICOLAI BLASIC

George W. Tell

2029

I will make the

EIDGENOSSENSCHAFT

great again

Zum Autor:

1979 geboren, verliebte sich Nicolai in seine Heimat Zermatt, nachdem er im Alter von 20 die halbe Welt bereist hatte. Es ist nirgends schöner, als am Fusse des Matterhorns, so seine Überzeugung. Mit 32 wagte er die Selbstständigkeit, die bis heute alles von ihm abfordert. Gleichzeitig unternahm er einen fünfjährigen Abstecher in den professionellen Journalismus, welcher in ihm die Leidenschaft der geschriebenen Geschichten weckte. Nach zwei unvollendeten Romanen, entschloss er sich das Buch GEORGE W. TELL zu seinem Erstlingswerk zu küren. Er will unterhalten, zum Nachdenken anregen und hin und wieder provokativ auf den Tisch hämmern.

Die in diesem Buch erzählte Geschichte ist frei erfunden. Ähnlichkeiten mit lebenden oder verstorbenen Persönlichkeiten beruhen auf reinem Zufall. Sämtliche Handlungen real existierender Personen, die in der Geschichte vorkommen, sind ebenfalls frei erfunden. Das Buch widerspiegelt keine politische Haltung.

Bibliografische Information der Deutschen Nationalbibliothek:
Die Deutsche Nationalbibliothek verzeichnet diese Publikation in der Deutschen Nationalbibliografie; detaillierte bibliografische Daten sind im Internet über http://dnb.dnb.de abrufbar.

© 2017 Nicolai Blasic
Satz, Umschlaggestaltung, Herstellung und Verlag:
BoD – Books on Demand, Norderstedt

ISBN: 978-3-7431-8359-9

Inhalt

Inauguration 7

Sitten, Schloss Turbio 12

Staatsempfang, Sitten 25

Abenddämmerung. 20 Uhr. Präsidentenpalast 30

Ehemalige Hauptstadt Bern 35

Zermatt 37

Sitten. Voller Magen und ziemlich müde 47

Überflug in die USA 51

Bern. An der Front 64

Solar Impulse, auf 36.000 Fuss 67

New York 72

Urlaub auf Jamaika 74

Solar Impulse, hoch über dem Pazifik 79

Japan, irgendwo in Tokio. Dann China 83

Bern. Das Floss. Schläppi 89

Solar Impulse, drei Stunden vor Moskau 93

Russland 100

Bern. Camp der acht Wagemutigen	110
Losann	113
Schoss Turbio	121
Unterdessen: Die Bärenfalle	130
Sturm auf Zürich	134
Schloss Turbio	139
Bärenfalle	154
Verrat an Tell	159
Unterwegs mit Bären	168
Schloss Turbio	175
Die Bärenverlockung	178
SRF Ersatzstudios, Basel	182
Bärengraben	185
Schloss Turbio. Bad news	188
Protokollsitzung Sitten	190
Graubünden, tief im Wald	192
Sitten. Später Abend	195

Inauguration

Es ist an der Zeit, dass mal jemand auf den Tisch haut. Es geht schon lange nicht mehr um politische Korrektheit und Rücksicht. Heute sage ich, was gedacht wird, bringe auf den Punkt, was gemacht werden muss. Wir werden die Schweiz wieder grossartig machen. Wozu Demokratie, wenn ihr einen wie mich braucht? Ich schei…

«Sir, er Präsident? Alles in Ordnung?»

George W. Tell schüttelte den Kopf und blinzelte. «Danke», sagte er leise und ausdruckslos, «alles bestens, Serge. Ich war bloss in Gedanken.»

Tell stand breitbeinig vor dem Rednerpult und liess sein glattrasiertes Kinn kreisen, während sein Blick am bewaldeten Alpenkamm klebte. Er musste seine Augen regelrecht von den Tannen losreissen, um sie auf das Tal, die südlich gelegenen Industriezonen und Rebberge und schliesslich noch auf die Stadt Sitten zu lenken. Seine buschigen Augenbrauen schirmten die Sonne ab, die senkrecht und warm auf das Tal schien. Kraft durchströmte seinen Körper von den Zehenspitzen her, manifestierte sich in angespannten Muskeln, einem kräftigen Atem und einem Herzschlag, den er bis in seine Kehle hämmern spürte. Ein Gefühl biblischen Ausmasses hatte er erwartet. Und er wurde nicht enttäuscht.

Herr im Himmel noch mal, ging es dem 58-Jährigen durch den Kopf, als er mit seinen Pranken das Rednerpult umklammerte und auf die Menschenmasse am Fuss des Turbiofelsens in der neuen Bundeshauptstadt Sitten blickte. Die Entfernung war zu gross, um Gesichter zu erkennen. Feuchtigkeit in seinen Augenwinkeln liess ohnehin alles verschwimmen. Doch er konnte die Menschen spüren, ihre Blicke, ihre Bewunderung, ihr Staunen, endlich vor dem mächtigsten Mann des Landes zu stehen. Tells Lippen begannen zu beben, als er das Mikrofon erblickte, das in einem Bogen, wie der Hals eines Flamingos, aus dem Pult ragte. Er versuchte zu lächeln und die Tränen zurückzuhalten, die ihm langsam über die zerfurchten Wangen kullerten. Ursprünglich hatte er vorgehabt, sich eine Krone aufzusetzen und einen purpurnen Umhang umzulegen, um den Geistlichen auf dem gegenüberliegenden Hügel Valeria gerecht zu werden und ihnen seinen weltlichen Machtanspruch zu vermitteln. Doch Serge, sein Assistent und Berater, hatte ihn immerhin von der Krone abbringen können.

So ragte Tell an diesem sonnigen Tag in die Höhe, stemmte seine Hände in die Hüften, reckte das kantige Kinn nach vorn, die imposanten, neu erbauten Gemäuer des Schlosses Turbio hinter ihm als Kulisse, während sein schwerer Umhang vom Wind hin und her gedrückt wurde.

Serge trat hinter ihn und flüsterte in sein Ohr: «Sir. Es sind etwa dreihunderttausend anwesend. Vier Millionen an den Schweizer Bildschirmen. Die Quoten aus dem Ausland kennen wir noch nicht.»

Tell nahm es zur Kenntnis, während er auf die Köpfe seiner Untertanen blickte. Sie sahen zu ihm auf, ihrem König, ihrem Staatsoberhaupt und Hoffnungsträger. Dem ersten Präsidenten der Vereinigten Staaten der Eidgenossenschaft.

«Soll ich jetzt die Schweiz als Republik ausrufen?»

Serge schüttelte den Kopf. «Nennen Sie es einfach die Vereinigten Staaten, mit Ihnen als Präsidenten. Was Republik bedeutet, heute, wissen die Wenigsten. Es führt nur zu Irritation.»

Als sich Tell nach links wandte, erkannte er zahllose bunte und weisse Umhänge von Priestern, Bischöfen und anderen Ordensträgern, die im Wind wie Fahnen hin und her wehten. Hinter ihnen ihre neu restaurierte Residenz, das imposante Kirchenschiff auf dem Hügel Valeria. Es war noch keinen Monat her, als Tell in einem Papier den offiziellen Namen der

Burg Tourbillon in Turbio ändern liess. Denn er mochte keine Umschweife, sondern Gradlinigkeit, Konfrontation. Direktheit. Darum hatte er nicht einsehen können, dass Buchstaben geschrieben wurden, die niemand aussprach. Diesen Charakterzug verdankte er seiner Herkunft, die tief in den bergigen Wäldern des Kantons Schwyz wurzelte, mit einer Kindheit fernab von fremden Einflüssen und kaum in Kontakt mit exotischen Kulturen wie der Westschweiz.

Blicke, zahlreiche Kameras und Smartphones waren hier und heute auf ihn gerichtet. Nach einem kräftigen Räuspern ergriff er das kalte Metall des Mikrofons. Ein Raunen ging durch die Menschenmassen, ebbte aber gleich wieder ab, während der Wind unvermindert durch die Burganlagen pfiff. Ein Halbkreis aus Journalisten hatte Kameras und Mikrofone auf Tells Rücken gerichtet, während eine kleine Drohne das Geschehen von vorn filmte und dabei gefährlich über dem Abgrund schwebte.

Einzig Klappi, so nannte Tell Steven Klappton vom Schweizer Fernsehen freundschaftlich, wurde die Ehre zuteil, gleich hinter dem Präsidenten stehen zu dürfen, direkt neben Serge. Er hatte den Präsidenten drei Monate lang während seiner Wahlkampftour begleitet und profitierte jetzt von einer privilegierten Beziehung zu ihm.

Tell setzte an: «Meine sehr geehrten Bürger und Bürgerinnen.» Die französische Ansprache konnte er sich sparen. Er hatte nicht bloss Turbio umbenannt, sondern gleich nach seiner Wahl dem ganzen Land die Verwendung von Französisch untersagt und die Änderung aller französischen Namen ins Schweizerdeutsche verordnet. Deutschkurse florierten seither. Trotzdem schien es noch viele Verweigerer zu gegeben. Ewiggestrige nannte Tell diese. Sie wollten nicht von ihrer Tradition abrücken und klammerten sich fest an ihre Sprache. Dies führte manchmal zu unmöglichen Gesprächen unter den

Welschen. Der eine sprach gebrochenes Deutsch, der andere nuschelte unverständlich auf Französisch, immer in Angst vor Sprachspitzeln.

«Ich fühle mich geehrt, hier und heute vor Ihnen zu stehen, als Ihr erster demokratisch gewählter Präsident der Vereinigten Staaten der Eidgenossenschaft. Ohne Genf.»

Tell hielt inne. Ein tosender Applaus müsste folgen, so dachte er. Doch es blieb verhalten still. Bloss der Wind war zu hören und eine Autotür, die irgendwo zugeschlagen wurde.

«Es war nicht einfach gewesen, den Bundesrat von der Präsidenteninitiative zu überzeugen. Doch schliesslich hatte auch er sich dem Volkswillen zu beugen. Ihrem Willen, liebe Bürgerinnen und Bürger. Ich danke Ihnen für Ihr Vertrauen. Die Bundesräte», er räusperte sich, «und Bundesrätinnen werden vorerst Teil der Regierung bleiben.»

Erneut lauschte er in die Tiefe. Keine Reaktion. Er war sich nicht einmal sicher, ob ihn überhaupt jemand verstand.

«Wie dem auch sei – die Schweiz, meine Damen und Herren, steht vor gewaltigen Herausforderungen. Vor vier Jahren hat uns die UNO des Kantons Genfs entledigt. Ihn sich einverleibt, als handle es sich um einen Legoklotz, den man einfach oben draufstecken kann. Seither fehlt uns nicht bloss ein Kanton, sondern auch ein Stück Lass-Machen-Mentalität. Der Röstigraben ist im Ungleichgewicht. Was ich zwar nicht bedaure», endete er seinen Satz etwas leiser. «Der Verlust hat uns die Frage nach unserer Identität aufgedrängt. Wer sind wir? Wohin wollen wir? Was stellt die Schweiz im Jahr 2029 dar?»

Tell blickte in den Abgrund, abwartend. Als erneut keine Reaktion zu vernehmen war, kratzte er sich an der Stirn und drehte sich mit einem fragenden Blick zu Serge um. Dieser zuckte bloss mit den Achseln und ermutigte ihn mit einem Kopfnicken, weiterzufahren. Tell räusperte sich, ein wenig verunsichert. Was, wenn ihn gar niemand hörte? Sollte er die

Rede vielleicht unterbrechen und das Mikrofon prüfen lassen? Er zögerte ein paar Sekunden. Dann bewegte sich die Masse ein wenig. Es sah wie kollektive Ungeduld aus. Tell sah sich bestärkt fortzufahren, griff unter seinen Umhang und holte eine Bibel hervor. Da der Bundesrat sich nicht hatte entscheiden können, wie und von wem ein Eidesschwur abzunehmen war, hatte Tell sich kurzerhand entschlossen, diesen gleich selbst auszuführen. So konnte er dem Volk seine Entschlossenheit beweisen.

«Meine lieben Eidgenossen, meine lieben Zeitgenossen. Hiermit schwöre ich auf die Bibel im Namen des Herrn der Katholiken, der Protestanten, der Juden und Araber, der Buddhas, der Tom Cruises, ebenso wie der Hindus und aller anderer Sünder, dass ich dieses Land in ein neues Zeitalter führen werde. So wahr der Wein der Region ist, so wahr werde ich euch führen, durch Höhen und Tiefen. Gott segne euch!»

Ein leichtes Raunen ging durch die Menge. Endlich nahm er erste Reaktionen wahr. Rufe hallten empor.

Das spornte ihn an, und er rief: «Ja. Wir. Können. VSEGSoG, VSEGSoG, VSEGSoG!» Dazu hob er die Faust und streckte sie einige Male wuchtig in den Himmel. «Gott segne die Vereinigten Staaten der Eidgenossenschaft. Wir werden die Schweiz wieder grossartig machen!»

Sitten, Schloss Turbio

Herr Präsident, ich denke, es wäre besser, künftig auf das ‹Ohne Genf› zu verzichten. Es kränkt die Welschen und ist umständlich auszusprechen.»

Tell hob nicht einmal seinen Blick. «Jetzt nicht, Serge. Neues aus Bern?»

Der Assistent räusperte sich. «Die Berner machen uns schwer zu schaffen, Sir. Zwar verfügen sie noch über Vorräte. Dafür müssen sie Todesängste ausstehen. Sie warten ungeduldig darauf, dass Sie etwas unternehmen, Sir.»

George W. Tell sass grübelnd an seinem Schreibtisch im ersten Stock des Schlosses Turbio und hörte seinem Berater zu. «Ja, die Vorräte. Das war doch dieser Keckseis. Erst haben sie sich über ihn lustig gemacht. Vorräte? Wozu? Es wird doch niemals mehr Krieg geben. Dann rannten alle klammheimlich zu den Supermärkten, um karrenweise Essen nach Hause zu schaffen. Die Regale waren drei Wochen lang wie leergefegt. Stellen Sie sich vor, Serge, Servelas waren als erste ausverkauft, mit einer Haltbarkeit von zehn Tagen.»

Serge schüttelte den Kopf.

Vor gut einem Jahr waren an die dreihundert Braunbären aus Norditalien, dem Westen Österreichs und dem Kanton Graubünden über die Pässe in die ehemalige Schweizer Hauptstadt Bern gelangt. Richtiggehend eingefallen waren sie. Schonungslos, brutal. Sie waren dem wehklagenden Gebrüll gefolgt, das aufgrund einer Wetterlage vom Berner Bärenpark weit nach Südosten in die Nachbarländer getragen worden war. Spezialisten hatten davon gesprochen, dass es bis nach Rom zu hören gewesen sein soll. Denn die Schweizer Hauptstadtbären waren am Ende ihrer Kräfte angelangt. Die kränkelnde Wirtschaft und das veränderte Reiseverhalten hatten dazu geführt, dass der klassische Tourismus vollständig vom billigen Massentourismus verdrängt worden war. Eine Entwicklung, die auch an den Bären ihre Spuren hinterlassen hatte. Immer öfter waren sie mit Fastfood der vielen umliegenden Restaurants beworfen worden. Leere Bierdosen hatten teils dutzendfach in ihrem Gehege gelegen. Sie waren angeschrien, angespuckt und ausgelacht worden. Dass jemand, so wie früher noch, sie angehimmelt oder bloss betrachtet hätte, war Schnee von gestern. Nicht einmal die Kinder hatten mehr Interesse gezeigt. Heute konnten sich die Bären bloss noch die Rücken der Besucher ansehen, die ein kleines Gerät in der Hand hielten und sich dabei merkwürdig verrenkten. Am schlimmsten wurden sie von der Eigendynamik getroffen, die sich aus einer einzelnen, verstörenden Bemerkung eines Jugendlichen entwickeln konnte. Bemerkungen, die in wüste Beschimpfungen übergingen und in grausamen Schimpftiraden endeten. Bereits ein falscher Blick eines Tieres hatte hierzu ausgereicht. Die ewig kreischenden und von Smartphones übertönten Babys, die von ihren Eltern geschüttelt, gerührt, geschaukelt und meist von Vätern bemuttert wurden, die noch zwei Schosshündchen an der Leine zu bändigen versuchten, hatten ihnen den Rest gegeben. Und so hatte eines Tages ein Bär nach dem anderen in einem schaurig leidenden Chorgebrüll die Erlösung gesucht. Das Gebrüll hatte Tage, Nächte, Wochen gedauert. Nichts hatte sie davon abbringen können, so sehr waren sie von ihrer Qual angetrieben gewesen.

Dann, eines Tages, hatte eine trockene Schönwetterlage mit Unterstützung eines kräftigen Nordwestwindes das Wehklagen weit in die Ferne getragen. Bereits nach kurzer Zeit hatte sich im Süden der Schweiz, dem Südosten und Teilen Norditaliens eine Heerschaar von wilden Bären formiert, die es sich zum Ziel gesetzt hatten, ihren leidenden Artgenossen zur Hilfe zu eilen. Über die festgestampften und inzwischen schon beschilderten Flüchtlingsrouten war es ein Kinderspiel gewesen, den Weg über die offenen Grenzen in die Schweiz hinein zu finden. An einem verschlafenen Sonntagvormittag dann, es war mild gewesen, die Sonne hatte sich gerade erst den Horizont erkämpft, war es dem Bärenheer verlustlos gelungen, in die Stadt einzumarschieren. Mit eiserner Disziplin, einer geschickten Taktik und einem fürchterlichen Gebrüll hatten die Tiere die Stadt vor den Augen einiger verdutzter Hauptstädter, die Hals über Kopf die Flucht ergriffen hatten, eingenommen. Die Stadt hatte hohe Verluste zu beklagen. Inoffizielle Zahlen hatten erst von drei Verkehrspolizisten und etwa zwölftausend Zivilisten gesprochen. Dies hatte bislang nie belegt werden können, da noch keine Opfer gefunden worden waren.

Die Schlacht würde wohl als grosse Schmach in die Schweizer Geschichtsbücher eingehen. Zumindest führte Wikipedia bereits den ersten Eintrag unter «Berner Bärenkessel». Den Einwohnern der Stadt war nichts anderes übrig geblieben, als sich zuhause oder in Bunkeranlagen zu verstecken und abzuwarten. Und sie warteten. Seit über zwei Monaten.

Tell kicherte. «Als Sie mir von M25 erzählt hatten, Serge, diesem Problembären aus dem Bündnerland, da habe ich erst an ein neues Modell von Mercedes gedacht. So eines mit Vierradantrieb und einem grossen Kofferraum. Sie wissen, das Auto mit dem Stern?»

Serge nickte. George W. Tell hielt die Arme vor sich auf dem Tisch verschränkt. Mit zugekniffenen Augen folgte er einem Kratzer auf dem edlen Holz seines Schreibtisches.

«Sehen Sie sich das an, Serge. Diesen Kratzer. Der Schreibtisch ist noch keine sechs Wochen alt. Und schon so was. Das muss als Garantiefall durchgehen. Rufen Sie das Möbelhaus an. Die sollen den holen kommen. Sagen Sie ihnen, ich kaufe den nächsten Tisch sonst bei IKEA.»

Serge kratzte sich am Kinn. «Herr Präsident, IKEA macht bloss noch Sechskantschlüssel. Zum Zusammenflicken der Millionen verkaufter Möbel, die nun alle langsam auseinanderbrechen. Kunden hatten diese wohl nach dem Zusammenstellen jeweils weggeworfen.»

Tell schüttelte den Kopf, nickte dann aber. «Ja, die Schweden haben es schwer auf dem Kasten. Als das Volk vor fünfzehn Jahren ihren Grippen abgelehnt hatte …»

«Gripen», korrigierte ihn Serge.

«… Gripen», wiederholte Tell umständlich, «gründeten sie einfach eine neue Firma, haben uns sämtliche Teile der Flieger einzeln verkauft und per Post zugesandt, um uns den Flieger selbst zusammenbauen zu lassen. So hätten wir noch *Made in Switzerland* darauf anbringen können. Und so hatten wir die Möglichkeit, das absurde Volksbegehren zu umgehen.» Tell blickte zu Serge und fuhr fort: «Geflogen sind die Jets aber nie. Unsere Piloten wussten nicht wie. Und die Schweden wollten einen hohen Zuschlag, um uns zu instruieren. So dass uns nichts anderes übrigblieb, als die Flieger in den Museen des Landes zu verteilen. Sogar das Giger-Museum hat ein Exemplar erhalten. Schwarz lackiert, versteht sich.»

Serge schmunzelte, widmete sich aber sofort wieder dem Geschäftlichen. «Sir, Ihre Agenda. Die roten Punkte sind die dringlichen Anliegen, die blauen haben zweite Priorität und die grünen bedeuten dritte.» Er streckte Tell ein Tablet hin und deutete mit dem Finger auf die Farben.

Tell las sich durch die Punkte und murmelte. Dann hob er die Augenbrauen. «Raclette in Zermatt. Grüner Punkt.» Er hob seinen Blick und liess ihn durch ein Fenster in die Ferne schweifen. «Das käme mir jetzt eigentlich sehr gelegen.» Er las weiter: «Staatstreffen mit der EU und Grossbritannien. Merkel,

Sarkozy, Lafarge, Montepiero. Warum steht hinter ‹Montepiero› ein Fragezeichen?»

«Sir, Italien wechselt das Staatsoberhaupt im Monatstakt, da sich jeder erst einmal einer Vertrauensfrage im Parlament stellen muss und diese dann mit wiederkehrender Regelmässigkeit verliert.»

Tell schüttelte den Kopf. «Der klägliche Rest der EU. Hier in Sitten versammelt.»

Er dachte an die letzten Geschehnisse innerhalb der EU. Die Mehrzahl der südeuropäischen Länder hatte sich gerade daraus verabschiedet und die neue Union FDS, Flair des Südens, gebildet. Gleichzeitig hatten sich Skandinavien und einige baltische Länder in der Wirtschaftsunion Walhalla zusammengefunden. Die zerfallene EU war dadurch zwar gestärkt worden. Sie bestand bloss noch aus Deutschland, Frankreich und Italien. Dafür hatte sie jeglichen internationalen Einfluss eingebüsst.

«Serge, bereiten Sie alles für das Staatstreffen vor. Sorgen Sie für ein unvergessliches Essen. Nichts Exotisches. Kein Curry, kein Sushi und auch keine Pizza. Etwas, worauf die Schweiz stolz sein kann und das die Gäste in Staunen versetzt.

«Ich könnte einen Starkoch aus St. Moritz einfliegen lassen. Was haben Sie sich vorgestellt?»

«Gschwellti, aber ohne, dass die Haut platzt.»

Serge nickte verwundert. «Mit Kräuterbutter, Sir?»

Tell nickte nur und wandte sich wieder seiner Agenda zu. Er rieb sein breites Kinn und studierte einige Einträge. «Ahmmeed ... Amhed ... Ahdmee ...»

Serge trat räuspernd an ihn heran. «Ahmed Burahti, Sir.»

«Gott verdammt, Serge. ‹Barack Obama› war schon schwer genug auszusprechen.»

«In zehn Tagen fliegen wir mit Ihrem neuen Flugzeug, der Solar Impulse 12, in die Staaten. Nach Amerika, Sir. Ich bin mir sicher, Sie freuen sich auf den Jungfernflug in der Maschine! Bertrand Piccards Erbe. Der Flug dauert etwa fünf Tage. Darf ich?»

Tell massierte sich mit den Handballen die Augen, während Serge das Tablet vom Tisch hob.

«Von Amerika aus fliegen wir sogleich in den Süden. Nach einem Zwischenstopp auf Jamaika, Ihrem Kurzurlaub, geht es weiter nach Venezuela und Bolivien.»

«Sind das Inseln?»

«Sie müssen die beiden Länder unbedingt besuchen. Seit sie sich zur lateinischen Union liberaler und konservativer Kräfte auf dem Kontinent Südamerika zusammengeschlossen haben, sind sie ein wichtiger Partner der Schweiz in Übersee geworden.»

Tell legte seinen Kopf in die Hände und seufzte. Zurzeit konnte er sich nicht sonderlich für eine solche Reise begeistern.

«So eine Scheisse», murmelte er.

«Dann, Sir, fliegen wir von Japan aus nach China. Und schliesslich ins Zarenreich. Putin ist nicht zu unterschätzen. Sie wissen ja, dieses Calisthenics und Yoga, viel Obst und Sport. Er scheint einfach nicht zu altern. Bloss seine Stimme hat sich verändert. Und die Augenfarbe. Aber das sind Kleinigkeiten.»

«Russland?», murmelte Tell hinter seinen Händen hervor. «Wann kommen wir wieder heim?»

«Rechtzeitig.»

Tell warf ihm einen entrüsteten Blick zu, sagte aber nichts. In diesen Minuten realisierte er, was es bedeutete, Präsident zu sein. Er blieb noch eine Weile sitzen und blickte gedankenverloren durch das Fenster. Erst ein grosser Albatros, der am Fenster vorbeiflog, riss ihn aus seinen Tagträumen. Stöhnend erhob er sich aus seinem Sessel und trottete durch das Arbeitszimmer, einen steinernen Korridor entlang und eine schmale Wendeltreppe hinauf, um eine stämmige Holztür aufzuschliessen, die in seine Gemächer führte. Seine Schritte hallten durch die historischen Gemäuer. Manchmal, nachts, er hatte sich noch nicht an sein neues Zuhause gewöhnt, fühlte er sich etwas unbehaglich. Das Schloss barg viele Geschichten, unzählige Geheimnisse und Rätsel. Menschen waren hier verschollen, verstorben, geboren worden. Die Steine an den Wänden hatten es miterlebt und hielten ihr Wissen schweigend zurück. Als er durch die Tür trat, lockerte er seine Krawatte, streifte sich die Schuhe ab und stapfte in schwarzen Socken über einen dicken Perserteppich zu einem grossen Rundfenster am Ende des Raumes. Seufzend blickte er auf den aufziehenden Nebel hinab, der ihm den Blick auf das Tal verwehrte. Er drückte seine feuchte Stirn gegen das kühle Glas und atmete tief ein und aus.

«Die Vereinigten Staaten der Eidgenossenschaft. Du bist Präsident, George, hörst du? Reiss dich bloss zusammen!», zischte er durch zusammengebissene Zähne.

Vor einem Jahr noch hatte er es sich als parteiloser Ständerat bequem gemacht. Hatte an Sitzungen teilgenommen, hin und wieder was gesagt und war meist nicht negativ aufgefallen, auch nicht sonderlich positiv. Und jetzt stand er hier als mächtigster Mann der Schweiz und konnte es kaum glauben. Ein Klopfen liess ihn zusammenzucken. Etwas widerwillig stiess er sich vom Fenster ab, schritt durch den Raum und zog am eisernen Türknopf. Serge.

«Sir. Die Bundesräte. Sie warten noch auf Ihre Einführung. Unten im Saal. Oder möchten Sie es verschieben?» Serge sah besorgt in das blasse Gesicht des Präsidenten.

Tell schüttelte den Kopf. «Nein, schon gut. Die Zeit der Musse ist vorbei.»

«Ich habe Ihnen Ihre Papiere vorbereitet, Sir. Sie finden sie unten im Saal.»

Tell hob die Augenbrauen und nickte zufrieden. Eventuell war eine Übergangsphase, in der er den Bundesrat noch einspannen würde, gar nicht das Dümmste, dachte er sich. «Sagen Sie den Damen und Herren, ich sei gleich bei ihnen.»

Serge eilte davon, während Tell sich nach seinen Hausschuhen umsah, einem flauschigen Paar aus Lammfell.

Als er den Saal betrat, endete ein unverständliches Gemurmel abrupt, während sich alle Augen auf das Staatsoberhaupt richteten. Einzelne Bundesräte blickten ehrfürchtig, andere kratzten sich an den Unterarmen oder scharrten mit den Füssen auf dem Boden umher.

So gefiel es Tell. Unterwerfung in jeder Faser ihrer Körper. «Meine Minister», fing Tell an, «sehr geehrte Bundesräte und Bundesrätinnen.» Er stutze einen Moment. Dann ergriff er ein paar vollgeschriebene Papiere von einem Schreibtisch und überflog sie rasch. «Ich werde dienstlich für ein paar Tage, vielleicht zwei Wochen verreisen. Einmal um den ganzen Globus. Vielleicht dauert es auch länger. Die Reise dient dem Zweck, unsere internationale Position zu festigen. Innerhalb kürzester Zeit hat sich die Welt um uns herum völlig verändert. Es ist turbulent geworden, und kaum jemand schert sich da draussen um das Wohl der kleinen Schweiz. Es gibt kein Schwarzgeld mehr, kaum noch Weissgeld, keine Steuerschlupflöcher, keine Steuerparadiese. Die Industrie ist emigriert, die Immigranten? Emigriert. Wir haben das, was sich früher einige Nostalgiker immer gewünscht haben: Platz, Bauernhöfe und Schwiizerdütsch überall. Dafür ziehen sie alle ein Gesicht wie einhundert Tage Regen.»

Tell sah sich der Reihe nach die Gesichter der Bundesräte an. Einige fühlten sich bei der Bemerkung ertappt und zogen ein zahnloses Lächeln.

«Die Welt hat vergessen, dass wir 2019, erst zehn Jahre ist es her, die Welt mit unserem diplomatischen Geschick in Genf vor dem Dritten Weltkrieg bewahrt haben. China war bereits auf dem Weg, sich die von Amerikanern belagerten Inseln zu holen. Seoul war kurz davor, im Norden einzumarschieren, während Russland seine geballte Macht an den Grenzen des Baltikums aufgefahren hat und beinahe über ganz Europa gerannt wäre. Trump, bloss mit seinem Reisebann und Twitter beschäftigt, hat zwar in den Medien von den Anspannungen gehört, sie jedoch als Fake-News abgetan und hätte nicht einmal mitbekommen, wie er die einstige Weltmacht USA derart hatte beschneiden können. Wir, die Schweiz, haben diese Lösung damals eingefädelt. Sogar Trump hat zugestimmt, nachdem unsere Vertreter allesamt einen Lügendetektortest bestehen mussten.»

Die Gruppe rollte mit den Augen und kicherte beim Gedanken an diese katastrophale Ausgangslage 2019.

«Ich möchte die Schweiz wieder vorwärtsbringen. Ich möchte sie wieder grossartig machen. Hier muss wieder Leben herrschen. Die Fabrikbänder müssen rattern, die Cloud-Anbieter sammeln, die Roboter quietschen, die Schokoladenströme wieder fliessen und die sozialen Netzwerke sammeln.»

Fast alle fingen sachte zu nicken an.

«Das Ansehen unseres Heidilandes ist arg angeschlagen. Nach zahlreichen Bankenskandalen und endlosen Korruptionsfällen kaum verwunderlich.» Tell holte kurz Luft und schloss die Augen, als wäre ihm schwindelig. «Ich will neue Allianzen schmieden, den Grundstein zu neuen Beziehungen legen, die unsere Wirtschaft wieder zu dem machen, was sie vor zwanzig Jahren war: zum Fluchthafen aller Währungsspekulanten.»

Die Räte fingen zu lächeln an. Tells Ansprache kam an. Der Präsident sah entblösste Zahnreihen. Er bemerkte gelbe Zähne, schiefe Zähne, eine Zahnlücke und sogar einen Goldzahn in der hinteren Reihe. Aussenminister Sutter schickte sich an zu klatschen. Doch Serge hielt ihn mit einer mahnenden Bewegung davon ab.

Da Tell die Lesebrille nicht aufhatte, hob er die Blätter bis kurz vor seine Nasenspitze und studierte sie eingehend. «Frau Wintaruga?»

Eine Dame mit Kurzhaarschnitt und dicken, roten Lippen gab sich mit einer angedeuteten Verbeugung zu erkennen. «Herr Präsident», sprach sie bloss leise. Ihre seichte Stimme versagte fast.

«Departement des Inneren.» Tell senkte die Blätter und blickte Wintaruga an. «Was gedenken Sie wegen Bern zu tun?»

Die Bundesrätin trat unsicher vor. «Herr Präsident, vor Ihrer Wahl hatten wir geplant, unsere Elitetruppe nach Bern zu fliegen, um dem Bärenproblem Herr zu werden.»

«Was heisst ‹Herr zu werden›?»

«Sie zu eliminieren, Sir.» Wintarugas Beine wackelten so stark, dass sie zusammenzuklappen drohte.

Tell nickte und runzelte die Stirn. «Aber?»

«Einerseits haben uns Pro Natura und der Schweizer Tierschutz mit einer Klage gedroht. Andererseits übt sich die Elitetruppe zurzeit in Syrien in interkulturellem Austausch.»

Tell sah sie überrascht an, sagte jedoch nichts. Wintaruga blickte bedrückt zu Boden und schwieg ebenfalls. Tell hob die Blätter erneut vors Gesicht. «Finanzminister Grübel?»

Ein grosser Mann mit schmalen Augen trat aus der Gruppe hervor. «Sir?», kam es dröhnend zwischen seinen Lippen hervor.

«Ich möchte eine detaillierte Analyse zur neuen *Too-big-to-fail*-Auslegung. Wir haben die Banken bereits zum vierten Mal aus dem Schlamassel geholt. Wie immer mit hart erarbeiteten Steuergeldern. Trotzdem sehe ich überall goldene Fallschirme und unglaubwürdige Beteuerungen, wie ich sie mir in der Vergangenheit in den Nachrichtenkanälen unzählige Male habe anhören müssen. Der Zustand ist unhaltbar und den Bürgern nicht länger zu vermitteln. Boni im Umfang von einer

Milliarde Franken sind vergangenes Jahr ausbezahlt worden.»
Tell blickte kurz zu Serge, der ihm mit einem Kopfnicken die Richtigkeit bestätigte.

Grübel murmelte etwas und setzte sich.

«So. Wen haben wir denn noch? Verteidigungsminister», Tell zögerte, während sich seine Augenbrauen zusammenzogen. Dann hob er den Blick und sprach langsam: «Bashi? Verteidigungsminister Bashi?»

Ein kleiner, rundlicher Mann trat aus der Reihe. Er trug einen grauen Anzug und einen Dreitagebart. «Sir, Herr Präsident», sagte er vorsichtig.

«Bashi? Sebastian? Woher kommen Sie? Appenzell?»

Ein Raunen ging durch die kleine Gruppe. Das eine oder andere Kichern folgte.

Bashi blickte auf seine Schuhe. «Pristina. Kosovo, Sir.»

Tell traute seinen Ohren nicht und blickte Serge an. Doch dieser hatte die Situation bereits kommen sehen und gab vor, konzentriert in seine Unterlagen vertieft zu sein.

«Sagen Sie, Bashi, irgendwelche neuen Bedrohungen?»

Bashi schüttelte nervös den Kopf. «Nein, Sir. Die Lage ist ruhig.»

Tell nickte und sah zum nächsten Mann. «Sie sind …?»

«Sir, Verkehrsminister Stäubli. Zu Ihren Diensten, Sir!», kam die martialische Stellungnahme des Mannes mit dem dünnen Schnauz. Seine Stimme hämmerte derart durch den Saal, dass Bundesrätin Wintaruga zusammenzuckte. Tell kam unterdessen nicht umhin, sich über diesen bunten Haufen zu wundern. Er hätte sich vielleicht doch die Zeit nehmen sollen, sich im Vorfeld mit ihm auseinanderzusetzen.

«Stäubli? Wie sieht es mit den selbstfahrenden Autos aus? Wie lange müssen wir die herkömmlichen Wagen noch auf unseren Strassen dulden?»

Stäubli richtete sich zu seiner vollen Grösse von knapp einem

Meter sechzig auf und schien sich sichtlich über die Frage zu freuen. «Sir, Herr Präsident Tell, Sir.»

Tell verdrehte die Augen.

«Inzwischen haben wir einen Selbstfahreranteil von siebzig Prozent erreicht, Sir. Die verbliebenen und durchaus verbissenen Fahrer werden kommendes Jahr mit drastischen Steuererhöhungen belastet. Ausserdem steigen gleichzeitig die Versicherungsprämien ins Unermessliche. Das dürfte auch die hartgesottensten Hippies überzeugen, Sir.»

«Danke, Stäubli.» Er suchte die Gruppe nach einer weiteren Frau ab. «Frau Perrini. Wirtschaftsministerium. Uhren? Schokolade? Käse? *Made in Africa*. Machen wir denn nichts mehr selbst? Oder wenigstens die Chinesen?»

Perrini zuckte bloss mit den Schultern und schien nicht viel mehr zu sagen zu haben.

Tell nahm es so hin. «Frau Hügeli. Justizchefin. Wann sind die neuen Gefängnisse fertig?»

Eine zierliche Frau mit grauem, kurzem Haar trat vor. «Sir, wir arbeiten gerade noch an den Panoramafenstern und den Kinosälen. Ich denke, in vier Monaten können wir die Tore für die Schwerverbrecher öffnen.»

Tell blickte die kleine Frau verständnislos an.

«Und McDonalds hat endlich zugesagt, die Kantinen zu führen», fügte sie hinzu.

Tell kratzte sich am Kinn und blickte Perrini erstaunt an. «So.» Er nahm sich vor, sich in den kommenden Wochen bissig in die Dossiers einzuarbeiten. Da schien noch einiges im Argen zu liegen. «Sehr geehrte Bundesrätinnen», er stutzte erneut, «und Bundesräte. Sie können sich vorstellen, wie sehr ich vom Ausgang der Volksinitiative und schliesslich von der Wahl zum Präsidenten überrascht worden war», log er. «Ich habe in meinen kühnsten Träumen nie mit einem solchen Erfolg gerechnet.» Er wartete kurz und blickte die Gruppe vielsagend an. «Doch heute stehe ich hier vor Ihnen als Ihr Präsident, vom Volk gewählt und durch Gottes Hand vereidigt. Ich hoffe, Sie haben die Kraft, mit mir diese Reise durchzustehen. Es wird sich viel verändern. Vorerst möchte ich mich nicht von Ihnen trennen. Die Zeit aber wird zeigen, wie sehr ich auf Ihre Dienste angewiesen bin.»

Die Anwesenden blickten sich verunsichert an, versuchten aber, sich nichts anmerken zu lassen.

«Ich hatte dem Volk versprochen, unsere Regierung wieder fit zu trimmen. Keine ständigen Sitzungen, keine neuen Gesetze, Schluss mit den Meetings, den Staatstreffen und den unzähligen zähen Debatten. Wir werden sparen und endlich effektiv regieren. Nur so wird sich das Volk nicht eines Tages von einem wahren Populisten blenden lassen, der auch den Eliten den Spiegel vorhält. Wir haben die Chance, das angeschlagene Vertrauen unserer Bürger und Bürgerinnen wiederzugewinnen.» Tell holte nochmals tief Luft, sagte dann aber bloss: «*So long, fellas.*» Er drehte sich schwungvoll auf dem Absatz um und marschierte durch die Tür.

Staatsempfang, Sitten

Tell spreizte seine Beine, reckte seine Brust vor und verschränkte die Hände hinter seinem Rücken. Er wollte einen lockeren, aber souveränen Eindruck vermitteln. Mit vorgestrecktem Kinn blickte er dem ersten Helikopter entgegen, der wuchtig über das Industriegebiet von Contei herangedonnert kam. Die schweren Rotoren durchschnitten die Luft wie Kanonenfeuer. Serge war dicht hinter Tell getreten, als das Fluggerät der deutschen Bundeswehr zur Landung ansetzte. Die riesige Maschine saugte Grasbüschel und Heu einer nahegelegenen Farm an und jagte sie durch die Luft. Das Empfangskomitee, das aus Tell, Serge, einer Handvoll Journalisten und Sicherheitsleuten bestand, wandte sich schützend ab, um nicht von Kieselsteinen zerschossen zu werden, als sich das Ungetüm dem Boden näherte. Serge hatte sich dabei schützend hinter dem breiten Rücken Tells versteckt.

«Serge, Haltung. Ich bitte Sie», wies Tell ihn zurecht.

Der junge Mann richtete sich auf und hielt die Brille mit seiner Rechten auf der Nase fest. «Sir, Verzeihung!», schrie er gegen den Wind.

«Was ist eigentlich der Unterschied zwischen Kanzler, Premierminister und Präsident?», wollte Tell wissen.

Noch bevor Serge antworten konnte, lief Tell breitbeinig zum Fluggerät der deutschen Delegation. Mit der linken Hand schirmte er das Gesicht gegen den wuchtigen Abwind der grossen Rotoren ab. Als sich der Geräuschpegel ein wenig gesenkt hatte, öffnete ein deutscher Soldat die massive Schiebetür von innen und trat zur Seite. Kurz darauf erschien eine alte Frau im Tageslicht und blinzelte etwas unsicher umher. Der Soldat half Angela Merkel, dem politischen Urgestein Deutschlands, einen Fuss auf den schmalen Treppenabsatz zu setzen. Der

Abwind der Rotoren war noch so stark, dass die Wangen der ewigen Kanzlerin heftig zu flattern begannen. Es sah aus wie ein Wechselbad der Gefühle. Lächeln, eine Hundertstelsekunde später Trauer, dann wieder Lächeln, Trauer. Ihr Gesicht bewegte sich so schnell auf und ab, dass Tell befürchtete, es könnte sich jeden Moment vom Schädel lösen. Als ihre Füsse endlich auf festen Boden traten, faltete sie ihre Hände und hielt sie ruhig vor sich hin.

«Kanzlerin Merkel, es ist mir eine Ehre.» Merkels Anblick erinnerte Tell an einen Bernhardiner, den er vor zwei Jahren auf einem Wanderausflug durch die Region rund um den Titlis angetroffen hatte. «Ich hoffe, Sie hatten einen angenehmen Flug.» Tell streckte ihr die Hand entgegen, während er ein Lächeln von einem Ohr zum anderen zog.

Die eiserne Mutti – so wurde sie seit 2020 liebevoll genannt – ergriff seine Pranke und drückte sie weich. «Präsident Tell, meine Hochachtung und meine herzlichsten Glückwünsche.» Sie sprach sanft und bedächtig.

«Vielen Dank. Ich hoffe, ich bin bereit für dieses Unterfangen.» Er drehte sich zu Serge. «Serge, mein Assistent, wird Sie zu Ihrem Wagen bringen. Ihr Sicherheitsdienst ist ja hervorragend ausgestattet. Da lasse ich meine Leute lieber zuhause. Ich wollte einige Männer der Papstgarde einfliegen lassen. Doch der Vatikan hat abgewinkt.» Tell grinste und bedeutete Serge, die Kanzlerin am Arm zu ihrem Wagen zu führen.

Serge und Merkel schritten knirschend über einen breiten Kiesweg. Die Kanzlerin betrachtete die Umgebung, während Serge mit ihr sprach.

«Monsieur le Président, mais c'est extraordinaire. Regardez vous.»

Tell drehte sich schwungvoll zur lauten Stimme um und blickte erst einmal ins Leere. Erst als er seinen Blick ganze dreissig Zentimeter absenkte, sah er die entfesselten Augen von

Nicolas Sarkozy. Verdutzt, aber lächelnd antwortete er: «Präsident der französischen Republik, Nicolas Sarkozy, herzlich willkommen.» Tell hatte erst noch darüber nachgedacht, Sarkozy auf Französisch zu begrüssen. Doch über diesen Schatten konnte er nicht mehr springen.

Das Weisse in Sarkozys Augen hatte einen leichten Rotstich, und der kleine Franzose musste sich ständig mit der Zunge über die Lippen fahren, während einige Schweissperlen über seine zerfurchte Stirn kullerten. Dann kicherte er noch, was er erfolglos zu unterdrücken versuchte. Tell blickte sich irritiert um, als Sarkozy ihn bloss mit breitem Grinsen ansah. Doch da war Serge bereits zurück und schüttelte Sarkozys Hand, während er ihn auf Französisch begrüsste. Tell seufzte, um sein Missfallen kundzutun.

Sarkozy lächelte immer noch, zwinkerte Serge verschwörerisch zu und meinte bloss: «*À bientôt, George.*»

Die beiden schritten zu Sarkozys Eskorte, während sie sich gestikulierend unterhielten. Tell hatte erneut nicht mitbekommen, dass ein Helikopter gelandet war und starrte nun in die Augen eines Mannes, der dieselbe Grösse wie Sarkozy hatte, den er aber noch nie im Leben gesehen hatte. Dann ergriff dieser etwa Fünfzigjährige Tells Hand und schüttelte sie kräftig.

«Herr Präsident. Herzlichen Glückwunsch!», sagte er mit tiefer Stimme in gebrochenem Deutsch.

Tell antwortete: «Ich heisse Sie herzlich in unserem Alpenparadies willkommen. Sie werden sicherlich viel Freude haben.» Verbissen suchte Tell nach einem Namen zu diesem Gesicht und kniff die Augen zusammen.

Der Mann kam ihm zuvor. «Sergio Montepiero. Ministerpräsident.» Dann fügte er noch «Italien!» hinzu, als er Tells Ratlosigkeit erkannte.

Dieser fing sich sofort und meinte: «Sie haben kaum einen Akzent. Bemerkenswert. Somit heisse ich Sie, Ministerpräsident Montepiero, herzlich willkommen im Land des Apfelschusses und des unberechenbaren Volkswillens.»

«Danke, und machen Sie sich keine Gedanken. Mich erkennt auch sonst niemand.» Mit einem Kopfnicken verabschiedete er sich.

Tell blieb fasziniert stehen. Noch konnte er nicht fassen, dass Europas mächtigste Politiker seinetwegen in die Schweiz geflogen waren. Es blieb noch ein Mann übrig: der Vollstrecker des Brexits. Ein im Ausland kaum beachteter Mann, der das königliche Inselreich, ohne Schottland, mit seiner lustigen Art chaotisch durch die Zeiten führte. Die ehemalige Kolonialmacht war kaum mehr als ein Schatten ihrer selbst. Die Banken waren nach und nach ausgewandert, Industrien kurz darauf abgezogen. Was der Insel geblieben war, bestand aus den nachfolgenden Generationen der *Monty-Python*-Leute, die sich und ihre Landsleute erneut aufs Übelste aufs Korn zu nehmen pflegten. Ein Exportschlager in diesen düsteren Jahren Europas, das von Stagnation, Armut und Auswanderung hart auf die Probe gestellt wurde. Sogar 007 kam nicht mehr ohne zwei Dutzend Slapstick-Einlagen durch einen neunzigminütigen Streifen. Am Ende eines Films ein alkoholkranker James Bond, der keinen Hehl aus seiner Sucht nach erotischen Manga-Comics machte und die meiste Zeit in Pubs herumhing. Der Niedergang einer britischen Lichtgestalt, dachte sich Tell achselzuckend. Er mochte zumindest Farages Akzent; ein förmliches, nicht unsympathisches Englisch, untermalt von einem schelmischen Lächeln. Nachdem Serge auch ihn, den Kopf der konservativen UKIP, zu seinem Wagen gebracht hatte, trat er neben Tell.

«Was meinen Sie?», meinte dieser erleichtert zu ihm. «Wird es unseren Gästen hier gefallen?»

Serge blickte ihn aufmunternd an. «Machen Sie sich keine Sorgen. Es wird unvergesslich.»

Der Wagentross fuhr in Richtung Turbio und erklomm die neue Galerie zum Präsidentenpalast. Tell hingegen bestand nach wie vor darauf, seinen Wagen, einen tiefschwarzen Maserati mit verdunkelten Scheiben, selbst zu fahren. Nachdem er sich in den tiefen Sitz hatte fallen lassen, ertönte der kräftige Motor, und Tell brauste in halsbrecherischem Tempo davon.

Abenddämmerung.
20 Uhr. Präsidentenpalast

C'est enorme. George!»

Tell zuckte zusammen, als er Sarkozy erneut seinen Namen aussprechen hörte.

«*Extraordinaire.* Diese Feste, die man hier machen könnte. *Mon dieu, quel palais!*»

Sarkozy war bester Laune. Serge hatte Tell davon unterrichtet, dass der quirlige Franzose bereits eine ganze Flasche Weisswein auf seinem Zimmer genossen hatte. Die anderen Staatsoberhäupter nickten Sarkozy zustimmend zu.

Angela Merkel hielt ihre Hände vor sich verschränkt und blickte ruhig in die Runde. «Da stimme ich Nicolas zu. Nicht dass ich noch Feste feiere. Aber Sie verfügen hier über einen atemberaubenden Palast.»

Tell hatte Merkel schon öfters sprechen gehört. Doch erst jetzt fiel ihm das gelispelte «S» auf. Er lächelte dankbar. Sergio Montepiero und Nigel Farage sassen sich am runden Tisch direkt gegenüber und musterten sich misstrauisch. Noch waren nicht alle Differenzen zwischen Nord und Süd aus der Welt geschafft, dachte sich Tell, der die Spannung zwischen den beiden bemerkt hatte. Vielleicht eine Gelegenheit, seine diplomatischen Fähigkeiten unter Beweis zu stellen. Für einen Moment schwiegen alle Anwesenden und blickten unsicher umher. Lediglich das Rauschen von Baumblättern, die vom Wind hin und her gewiegt wurden, drang durch ein halboffenes Fenster in den Saal. Im Hintergrund konnte man das Scheppern von Geschirr vernehmen. Ansonsten war es still. Merkel blickte auf den Tisch und zog die Augenbrauen zusammen. So auch Montepiero, der gleichzeitig mit dem Finger das Muster des

Tischtuchs entlangfuhr. Farage blickte eine Weile zu Tell, dann zu Sarkozy, etwas später zu Montepiero. Der französische Präsident rutschte auf dem Stuhl hin und her und drehte den Stiel eines leeren Weinglases zwischen den Fingern hin und her, während sein heiterer Gesichtsausdruck den Eindruck eines Betrunkenen vermittelte. Tell suchte verbissen nach einem Gesprächsthema. Zu seiner Erleichterung räusperte sich Merkel erst, schien darauf aber nichts zu sagen zu haben. Tell entwich ein leiser Seufzer. Sarkozy fing plötzlich zu kichern an, würgte es aber sofort wieder hinunter. Dann schnaufte Merkel sichtlich genervt aus und blickte an die Decke. Sarkozy entfuhr erneut ein Kichern, diesmal ein wenig lauter. Seine Mundwinkel zuckten unkontrolliert. Montepiero blickte irritiert umher und schien darauf zu warten, dass jemand das Wort ergriff. Als er Serge anblickte, kicherte auch dieser. Farage schmunzelte. Sarkozy kicherte wieder, ein bisschen länger und sichtlich darum bemüht, es zu kontrollieren. Merkel blickte die Männer der Reihe nach an und musste plötzlich selbst kichern. Dann lachte Serge. Montepiero kicherte ebenfalls. Und nun gab es für Sarkozy kein Halten mehr. Tränen ergossen sich aus seinen Augen, während sein weit aufgerissener Mund das Wiehern eines Pferdes zu imitieren versuchte. Tell befürchtete, dass Sarkozys roter Kopf gleich explodieren würde. Farage, Merkel, Serge und Montepiero lachten drauflos. Mr. Brexit hämmerte auf den Tisch, und Montepiero hielt sich den Bauch mit beiden Händen. Sarkozy sah kaum mehr aus seinen tränenverquollenen Augen und schien Mühe zu haben, Luft zu holen. Lediglich Tell hielt sich vornehm zurück und lächelte bloss. Er fragte sich, ob dieses bizarre Verhalten zum Standardprotokoll bei Staatstreffen gehörte und blickte Serge fragend an. Doch dieser sah ihn nicht und hielt sich die rechte Hand vor den Mund, um sein Lachen zu kontrollieren.

Das ganze Ritual dauerte etwa zehn Minuten, ehe sich Ernüchterung breitmachte. Die Anwesenden hatten sich grösstenteils wieder gefasst, wenn sie auch immer wieder von kurzen Kicheranfällen Sarkozys unterbrochen wurden. Tell war erleichtert, endlich zum Essen übergehen zu können. Mit einer Handbewegung gab er einer Bediensteten, die sich dezent im Hintergrund gehalten hatte, das Zeichen, mit dem Auftischen der Gerichte zu beginnen.

Während sich Sergio Montepiero noch die letzten Tränen von den Wangen wischte, richtete Farage das Wort an ihn. «Sergio, Herr Premierminister. Ich war von einem Jahr in Italien, mit meiner Frau. Während einer Woche haben wir uns erst Milano, dann Florenz und noch Rom angesehen. Sie haben wunderschöne Städte. Florenz gefiel mir am besten.»

«*Florence!*», unterbrach ihn Sarkozy mit einem übertriebenen französischen Akzent.

Sergio lächelte. «Danke, Premierminister», sagte er zu Farage.

«Und das Essen erst», fuhr dieser fort. «Das war umwerfend. Ich hätte den ganzen Tag am liebsten mit Essen verbracht, und dann bei einer Spritztour in einem Ferrari oder Lamborghini oder in einem Alfa Romeo die umwerfende Gegend erkundet. Wunderbare Autos. Schnell, wendig und so vollendet geformt.»

Sergio wurde misstrauisch.

«Das alles gibt es bei uns nicht. Ausser den Autos vielleicht, diesen inzwischen chinesischen Luxusschlitten», schloss er bedauernd.

Sergio tippte ungeduldig mit den Fingern auf dem Tisch herum. «Nigel, worauf wollen Sie hinaus?»

Farage machte ein überraschtes Gesicht, überlegte einen Moment und sagte: «Warum, Sergio, will Italien eigentlich in der EU verweilen? Entschuldigen Sie meine Offenheit. Aber erst mit Ihnen ist die Union Flair des Südens vollständig. Mit all Ihrem Essen, mit Ihrem Wein, Ihren Autos, den Küsten und dem blauen Meer. Sie verstehen? Flair des Südens?»

Montepiero verdrehte die Augen. «Im Ernst? Nigel, ich glaube, Sie sind noch immer eingeschnappt, dass wir Sie in der Wüsten-WM in Katar nach Hause gekickt haben. Wir waren vorbereitet. Unsere Jungs haben ein Jahr lang in Skianzügen auf Sizilien trainiert. Und die Ihren haben sich bloss einen Sonnenbrand geholt. Das würden sie auch auf Grönland im Winter noch schaffen.»

Merkel kicherte und grinste. «Meine Herren, ich darf Sie erinnern: Das Turnier hat Deutschland gewonnen. Was davor war, interessiert doch niemanden.»

Sarkozy blies verächtlich die Luft zwischen den Lippen durch.

Montepiero suchte verbissen nach Argumenten. «Sie in Ihrem kapitalistischen Norden! Alles Egomanen. Geiz, Gier, Geld, Macht. Immer wieder dreht eines Ihrer Individuen durch und sticht andere auf der Strasse ab, überfällt eine Bank, metzelt die Familie ab oder rennt nackt durch ein Einkaufscenter. So ein Verhalten kennen wir nicht. Wir haben *la Familia*, verstehen Sie? Freunde, Familie, Verwandte. Die sind für uns da, wir für sie. Niemand ist allein. Wir lachen zusammen, essen zusammen. Und wenn die Eifersucht mal mit uns durchgeht, schreien wir uns die Kehle wund, bis der Kummer der Ernüchterung oder Erleichterung weicht. Sie sitzen in Ihren Luxus-Penthouse-Wohnungen in der Grösse einer Bahnhofshalle, frieren, weinen, essen allein Sushi und Fish-und-Chips oder so, fahren auf der falschen Seite Auto und träumen von einem Haus in unserer Toskana. Wem geht es hier wohl besser?», beendete er seine Rede mit einem Schweissfilm auf der Stirn und goss sich schnaufend ein Glas Wein in die Kehle.

Farage sass mit halboffenem Mund da. Es hatte ihm sichtlich die Sprache verschlagen.

Merkel kratzte sich an der Stirn, während sie nachdenklich auf den Tisch blickte. «Das haben uns die Griechen damals auch gesagt», flüsterte sie.

Endlich war Tell eine Frage eingefallen. «Nicolas, wie steht es um ihre Gemahlin?»

Sarkozy hob überrascht die Augenbrauen. «Marine?»

Tell nickte und fragte sich, ob er wohl eine andere meinte.

«Marine geht es hervorragend, danke. Sie hat sich endlich durchgerungen, meinen Namen anzunehmen. Da gibt's halt kein *le* davor.» Sein Gesicht lief rötlich an. «Sie weilt im Elysée-Palast und hält stramm die Zügel in der Hand.»

Nigel Farages Augen leuchteten, als er den Namen «Marine» hörte.

Sarkozy kicherte erneut. «Ich habe kaum mehr was zu sagen. Weder zuhause noch bei der Arbeit. Marine hat mächtig aufgeräumt. Ich reise bloss noch zu Staatstreffen und Geschäftsessen. Und muss zu diesen mühseligen Verhandlungen mit den Gewerkschaften antraben, die mich am liebsten an einer Strassenlaterne aufhängen würden.» Er streckte seinen Kopf zur Mitte des Tisches und sah die Anwesenden verschwörerisch an. «Ich weiss wirklich nicht, warum man mich *le Président* nennt», kicherte er. «Ich bin es ja nur geworden, weil ich am wenigsten tief in Korruptionsaffären und richtige Affären verwickelt war.» Dann brach er wieder in schallendes Gelächter aus.

Merkel, Montepiero und Farage lächelten bloss höflich und sahen sich beunruhigt an.

Ehemalige Hauptstadt Bern

«Schläppi? Schläppi? Hörst du mich?», sprach Röne, ein junger Polizist flüsternd in seine Smartwatch.

Ein Rauschen folgte. Etwa drei Minuten vergingen, ehe die Stimme von Schläppi, einem kurz vor der Pension stehenden Verkehrspolizisten, antwortete.

«Gopfvertammi, ich habe erst noch nach meinem Funk gesucht. Der Marco hat mir zeigen müssen, wie dieses Ding am Handgelenk funktioniert. Pardon.»

«Psst, sag nicht ‹Pardon›.»

«Sorry.»

«Wie sieht es bei euch aus? Etwas Neues?»

Schläppi verneinte, meinte aber: «Uns geht der Honig aus. Der Bio ist alle. Jetzt sind wir bereits beim Billighonig vom Discounter, und ich fürchte, die Bären haben das bereits bemerkt. Sie scheinen irgendwie aggressiver als sonst. Erst heute Morgen hat ein ausgewachsenes Männchen ein stillstehendes Trammli angefallen und dessen Sitze gefressen. Roger.»

Röne verdrehte die Augen. «Das ist beunruhigend. Gibt es Neuigkeiten von der Spezialeinheit der Armee?»

«Negativ. Weiss der Tüfel, wo die sind. In Afghanistan, Somalia oder so. Wer weiss, wann und ob sie wiederkommen.»

«So ein Mist. Wir können hier doch nicht ewig ausharren.» Ein Rauschen gefolgt von unverständlichem Gemurmel. Dann: «Schläppi, wir kommen zu dir rüber. Die Bären haben ihr Lager zurzeit im grünen und weissen Quartier. Da müssten wir es eigentlich am Schönblick-Palast vorbei zum Bundeshaus schaffen.»

«Hm … ich weiss nicht, ob das eine gute Idee ist. Habt ihr noch Gewehre? Munition?»

«Die ist aus. Das letzte Gewehr habe ich auf der Patrouille

vor Schreck in die Aare fallen lassen, als ein streunender Hund vor mir vorbeirannte. Wir haben aber noch die Hellebarde vom Posten. Die vom Capo, im Schaukasten.» Und seufzend: «Mehr haben wir nicht.»

«Wir werden uns im Ostturm positionieren und euch Schützendeckung geben. Aber zieht um Himmels Willen nichts Braunes oder Felliges an», gab Schläppi zu verstehen.

Röne nickte. «Okay. Wir laufen in dreissig Minuten los. Uhrenabgleich. 11.31 hier.»

«Wo sieht man denn hier die Uhrzeit? Ah ... ja, danke. 11.31, bestätigt. Viel Glück, Jungs.»

Zermatt

Serge, rufen Sie einen Hubschrauber. Er soll vor der Landung aber noch eine Runde um das Matterhorn fliegen.»

Serge nickte, tippte auf seiner Smartwatch umher und sprach zum Piloten. Tell sah ihm zu und fragte sich, an wen ihn diese Geste erinnerte. Es war etwas aus seiner Jugend, doch er kam nicht drauf.

«... In zwanzig Minuten? Danke. Auf unserem Dach, ja.» Serge drückte auf seine Smartwatch und nickte Tell zu.

«Serge, suchen Sie mir einen netten Anzug aus, nichts zu Förmliches. Und eine rote Krawatte dazu.»

Der zweimotorige Helikopter landete nach einer halben Stunde mit Getöse auf einem Landeplatz des Heliports am Rande des Städtchens Zermatt. Zahlreiche Fotografen und Journalisten hatten sich versammelt, um den Präsidenten vor der prächtigen Bergkulisse fotografieren zu dürfen. Tell hatte sich eine dunkelblaue Baseballmütze aufgesetzt und wartete, bis einer seiner Leibwächter die Tür aufriss. Trittsicher und kraftvoll schritt er die beiden Stufen hinab, während er mit der Rechten die Mütze abnahm und den Pressevertretern auf dem Dach zuwinkte. Drei Leibwächter drückten die Reporter zur Seite, damit er sich einen Weg zum Lift bahnen konnte. Fragen wollte er keine beantworten. Dafür knurrte sein Magen zu sehr. Serge sprang gleich nach ihm aus dem vibrierenden Fluggerät und blieb ihm dicht auf den Fersen. Von den Bodyguards begleitet, betraten sie den Lift und fuhren fünfzehn Meter hinab, wo sie vom Zermatter Gemeindepräsidenten Hausmatten, dem Burgerpräsidenten Borner und dem Tourismusdirektor Meyer sowie von je einem indischen und einem chinesischen Tourismusvertreter neugierig empfangen wurden. Tell blickte erfreut auf einen langen, roten Teppich, der an einem wartenden Fahrzeug endete. Ein wenig skeptisch musterte er allerdings das Gefährt. Das Fahrzeug war kantig, eine Art Entsorgungstonne mit Fenstern. Blau-rot gestrichen, und handbemalt stand noch «Taxi» drauf. Ein Fahrer in Wanderschuhen und einem sonnengebleichten T-Shirt stand ungeduldig davor und rauchte eine Zigarette.

«Sie fahren diese Dinger immer noch?» Tell hatte sein Wort an den Mann vor ihm gerichtet, der ihm gleichzeitig die Hand schüttelte und sich als Gemeindepräsident Hausmatten zu erkennen gab.

«Herr Präsident, ja, in der Tat. Die Elektrowagen sind nicht aus Zermatt wegzudenken. Inzwischen verfügen wir sogar über eine SUV-Ausführung. Und über ein von Porsche entwickeltes Fahrzeug. Bei letzterem haben wir auf besonderen Erlebniswert gesetzt und ihn mit einem Audiosystem ausgestattet, das die Motorengeräusche eines 911ers nachahmt. Ausserdem verfügt er über einen künstlichen Auspuff, aus dem stetig Dampf emporsteigt.»

Tell kratzte sich am Hinterkopf. Dann schüttelte er den Anwesenden der Reihe nach die Hand. «Ich liebe Kühe», sagte er zum Inder.

Dieser lächelte bloss.

«Schöne Uhr haben Sie», sprach er zum Chinesen.

Die beiden Asiaten blickten sich irritiert an.

Serge trat kurz hinter Tell: «Sir, Englisch. Sie verstehen kein Schweizerdeutsch.»

Tell hob seine Brauen und lachte laut heraus. «*Sorry guys. I love cows, and you have nice watches.*» Er zwinkerte ihnen zu und schritt weiter, ohne auf eine Reaktion zu warten. Bevor er das Taxi erreicht hatte, drehte er sich zu den beiden Asiaten um, grinste und meinte: «*Soon melted cheese.*» Dann wandte er sich an Tourismusdirektor Meyer. «Was ist mit den Japanern? Kommen die nicht mehr?»

Meyer zuckte mit den Schultern und schüttelte bedauernd den Kopf. «Die Währung, Herr Präsident.»
Das reichte Tell. «Wo gibt's das Raclette?»
«Sir, wir fahren durch das Dorf und wandern dann einige Minuten einen schönen Wanderweg entlang zu einem entlegenen, ausgezeichneten Bergrestaurant.»
Tell lächelte. «Fantastisch.»
Gefolgt von Reportern und unzähligen Schaulustigen, nahmen drei Elektrotaxis ihre Fahrt auf. An Vorwärtskommen war aber aufgrund des Touristenandrangs nicht zu denken.
«Gibt's denn keinen anderen Weg?»
Hausmatten nickte. «Doch, Sir, aber ich dachte, Sie sehen sich einmal den Kern des Matterhorndorfes bei einer gemütlichen Rundfahrt an.»
Tell schwitzte. Im Taxi herrschten gefühlte vierzig Grad. Zudem rumpelte es auf der holprigen Strasse derart, dass es den Gästen ständig die Zähne gegeneinander schlug. Deshalb hielten fast alle den Mund weit offen, während Scharen von Touristen vorbeizogen. Nach fünfzig Minuten hielten sie am Dorfrand an. Tell stürmte luftringend nach draussen und massierte sich den Kiefer.
Die Gruppe erreichte das Restaurant zwanzig Minuten später. Ein sympathischer Wirt und seine Frau begrüssten die ungewöhnlichen Gäste herzlich und führten sie ins Innere des charmanten Restaurants. Reportern und etlichen Schaulustigen wurde der Zutritt jedoch verwehrt. Tell, Serge, die Zermatter Delegation sowie der Inder und der Chinese nahmen an einem grossen, runden Tisch in der Mitte des Restaurants Platz.
Gemeindepräsident Hausmatten liess sich nicht lange bitten und ergriff sogleich das Wort. «Herr Präsident, Sir, Sie erweisen uns mit Ihrem Besuch eine grosse Ehre.» Er blickte vielsagend in die Runde und erntete nickende Zustimmung. «Erst recht

nach Ihrer Gesetzesänderung zu den Zweitwohnungen, Sir. Das hat uns enorm entlastet. Dank des Drittwohnungsgesetzes haben Spekulanten nun die Möglichkeit, zwar nicht einen, dafür aber gleich zwei Zweitwohnsitze zu besitzen. Mit den Drittwohnsitzen entgehen sie der Zweitwohnungsinitiative. Dank Ihrem Gesetz haben wir Dutzende Wohlhabender aus der ganzen Welt, die nun zwei Ferienwohnungen oder Chalets besitzen. Grossartig. Die Einheimischen werten dafür unsere Nachbardörfer auf, weil das Wohnen hier zu teuer ist.»

Burgerpräsident Boner fing zu klatschen an. Kurz darauf stimmten auch die übrigen Anwesenden in den Applaus ein. Der Inder und der Chinese hatten kein Wort verstanden, klatschten aber ebenfalls. Und sie schwitzten. Sie schwitzten vor Furcht. Denn ein würziger, schwerer Duft von geschmolzenem Käse durchflutete den Raum und liess die Gruppe für einen Moment verstummen. Die Asiaten hoben vorsichtig ihre Nasen und sahen sich panisch an.

Tell streckte seinen grossen Riecher gegen die Decke, schnupperte am Duft. «Raccard, nein, Valdor, eine meiner Lieblingssorten», meinte er grinsend und blickte die beiden Asiaten an.

Der Chinese wich ein wenig zurück und drückte sich fest gegen die Stuhllehne, während seine Hände die Tischkante umklammerten. In China kursierte seit einiger Zeit die Geschichte über einen tragischen Vorfall, der sich vor fünf Jahren in einer Schweizer Alphütte zugetragen haben soll. Zeugen hatten von einem südkoreanischen Paar erzählt, das angeblich qualvoll an einem Raclette erstickt war. Bislang war unklar, ob das Unglück auf mindere Käsequalität zurückzuführen oder ob die Unkenntnis über die korrekte Ausführung des Kauvorgangs dafür verantwortlich war. Koreanische Ärzte und Nahrungsmittelexperten hatten im Staatsfernsehen davon gesprochen, dass der Gummieffekt des Käses Mitschuld gehabt haben könnte. In einer grafischen Darstellung war aufgezeigt worden, wie ein Teil des Käses bereits den Magen erreicht hatte, während der Rest davon noch an der Gabel gehangen hatte.

Der Inder warf dem Chinesen einen ängstlichen Blick zu und gab ihm zu verstehen, dass auch er davon gehört hatte. Derweilen hatte sich Tell an Tourismusdirektor Meyer gewandt.

«Sagen Sie, wie läuft es eigentlich mit Ihrem Horn? Wollen die Alpinisten immer noch da rauf? Und wer fährt denn heute noch Ski? Haben Sie genug Schnee? Wissen Sie, ich bin seit zwanzig Jahren nicht mehr auf den Brettern gestanden. Ich bevorzuge das Wasser. Einen See. Mit einem Boot darauf. Segeln. Ein leichter Wind, sanfter Wellengang. Eine Flasche Wein. Die Weitsicht. Schnee ist nicht mein Ding.» Tell blickte plötzlich auf den Tisch.

Die Anwesenden sahen sich irritiert an. Über gewisse geistige Ausfälle des Präsidenten war bereits gemunkelt worden. Und alle fragten sich jetzt, ob sie eben Zeuge eines solchen geworden waren.

«Danke der Nachfrage», sagte Meyer etwas verunsichert, «wir sind eigentlich ganz zufrieden. Die Schweizer machen leider in Österreich Urlaub. Währungsbedingt. Seit unsere Nachbarn den Schilling wieder eingeführt haben, ist der Wechselkurs zu ihren Gunsten gleich bachab gegangen. Für ein Bier in der Schweiz bekommen Sie in Österreich ein Fünfgangmenü mit einer Flasche Wein. Die Deutschen kommen wieder vermehrt, so auch die Franzosen und Italiener. Und die Briten. Dieselben Nationen, die auch hier am Tisch sitzen. Von den Asiaten ganz zu schweigen. Fünf Millionen Chinesen wollen jährlich aufs Gornergrat. Die Züge verkehren im Dreiminutentakt.» Meyer zeigte auf die beiden fernöstlichen Tourismusvertreter, die wieder nichts verstanden hatten. «Unser Tourismus ist ein Spagat oder vielleicht ein gekonnter Balanceakt, eine Inszenierung zwischen Disneyland und Alpenromantik. Und seit knapp zehn Jahren fügen wir dem Ganzen noch eine Prise mediterranes Lebensgefühl hinzu. Vielleicht haben Sie bereits einmal von unserem dorfeigenen Rotwein probiert? Klimaerwärmung sei Dank.»

Tell nickte und schüttelte dann den Kopf.

Meyer fuhr fort: «Das ist fantastisch, Sir. Stellen Sie sich vor, Sie fahren Ski auf Kunstschnee mitten durch Weinreben. Und gleichzeitig flattern Ihnen noch Pelikane um die Ohren, die in den Bergseen Forellen fangen.»

Tell lächelte: «Das ist grossartig.»

«Ja, Sir, bloss ...» Meyer stutzte.

Tell hob die Brauen.

«... Sir, die Kosten explodieren förmlich, seit wir uns bereit erklärt haben, sämtliche FIS-Skirennen bei uns auszutragen und diese noch originalgetreu nachzubauen. Unsere letzten Sponsoren haben die Verträge nach Ablauf in einem Jahr nicht mehr verlängert.» Meyer schluckte kurz. «Sieht denn Sion ... Sitten kein *Budget*», das letzte Wort sprach er Englisch aus, «vor, welche solch kulturträchtige Veranstaltungen subventionieren?»

Tell sah ihn nachdenklich an. «Ich weiss nicht, Meyer. Serge?»

Sein Assistent räusperte sich. «Doch, Sir. In der Tat. Allerdings liegen die Gelder auf den gesperrten Konten in Zürich», antwortete er.

«Gesperrt?» Tell glaubte seinen Ohren nicht zu trauen.

«Ja, Sir. Sie wissen, Zürich und die Banken.»

Tell blickte zerknirscht auf den Tisch und schüttelte den Kopf, während dieser rot anlief.

«Zürich möchte uns gern an der kurzen Leine halten.»

Tell hämmerte die Faust auf den Tisch. Die beiden Asiaten erschraken. Serge gab ihnen mit einem Kopfschütteln zu verstehen, dass sie nichts damit zu tun hatten.

«Diese Halsabschneider werden noch von mir hören! – Meyer, ich werde Ihrem Wunsch nachkommen und mir die Sache ansehen. Wie Sie sicher verstehen, ist es aber etwas verzwickt und könnte noch eine Weile dauern. Ausserdem habe ich noch ganz andere Anliegen. Bern, Sie wissen ja. Die haben zurzeit andere Sorgen.» Die Runde nickte verständnisvoll, während Tell einen nach dem anderen ansah.

Vier Servicekräfte betraten den Raum, in jeder Hand einen dampfenden Teller. Die Gruppe wurde sogleich still und rückte die Stühle zurecht. Auf jedem Teller befanden sich zwei Kartoffeln, von denen sich die Haut halb abpellte, drei Silberzwiebeln und zwei Essiggurken, umrundet von einem See geschmolzenen Käse. Den meisten Gästen lief das Wasser im Mund zusammen. Die Münder der beiden Asiaten trockneten jedoch umgehend aus. Ihre Gesichter versprühten nur wenig Begeisterung. Sie wichen noch ein Stück weiter vom Tisch weg, als eine junge deutsche Kellnerin die Teller vor sie stellte.

«Herr Präsident, wir brauchen weitere Schrauben.»

Tell blickte verwundert von seinem Teller auf.

«Wir haben bereits sieben Millionen verbaut. Doch diese Temperaturen machen uns schwer zu schaffen. Der Permafrost ist nicht einmal mehr auf den Gipfeln zu finden.»

Serge kam dem verdutzten Präsidenten zuvor. «Sir, das Matterhorn fällt seit bald zehn Jahren immer weiter auseinander. Der Permafrost schmilzt unaufhörlich und lässt den Toblerone-Berg zerbröseln. Spezialisten versuchen seit drei Jahren, Teile des Berges mit übergrossen Schrauben zu fixieren.»

«Und sie kriegen keine Schrauben mehr?» Der Präsident musterte die Anwesenden.

Serge nickte. «Sir, mit Unterzeichnung des neuen Freihandelsabkommen mit Afrika wären die Hürden überwunden. So kann die Schweiz mit Berücksichtigung der vor Ort geltenden Menschenrechte wieder kostengünstig herstellen lassen. In China wird kaum mehr was gemacht. Sie wissen, nach der Finanzkrise 2019.»

Tell hörte halb interessiert zu.

«Die Gegenseite hat bereits vor zwei Monaten unterzeichnet. Doch dann hat Ihre Wahl das Verfahren blockiert.»

Tell blickte die Zermatter an. Dann sah er durch ein offenes Fenster auf diesen sonderbaren Berg, der schneelos und irgendwie rau, karg und kaum majestätisch dastand. Anders als auf den Bildern, die Tell davon gesehen hatte. Er verengte die Augen und glaubte, funkelnde Punkte überall auf dem Berg verstreut zu erkennen. Als hätte man ihn mit Swarovski-Steinen überzogen, dachte er sich.

Die meisten hatten sich bereits über das warme Raclette hergemacht, als sich der Inder plötzlich ruckartig vom Tisch stiess und aufsprang. Die Anwesenden erschraken und blickten in ein verzerrtes Gesicht, das ein humorloses Grinsen mit weit aufgerissenen Augen darzustellen versuchte. Gleichzeitig umfasste der Inder seinen Hals mit einer Hand und schlug mit der anderen heftig auf den Tisch. Er schien etwas sagen zu wollen. Doch mehr als ein Röcheln kam nicht zwischen seinen Lippen hervor. Niemand verstand, was er im Schilde führte. Nur dem Chinesen stand die Angst ins Gesicht geschrieben. Dabei zeigte er mit dem Finger abwechselnd vom Hals des Inders auf den Teller vor ihm und wieder zurück. Erst jetzt wurde einigen Anwesenden bewusst, dass der arme Kerl am Ersticken war. Wuchtig erhob sich Tell aus seinem Stuhl und eilte hinter den röchelnden Mann. Er legte seine beiden kräftigen Arme um dessen Brustkorb und riss ihn ruckartig in die Luft, während er den Griff zusammenzog. Ein Husten, dann flog etwas aus dem Mund des Mannes quer durch den Raum und klatschte gegen die Holzwand. Tell stellte den Mann wieder auf seine Füsse. Mit einer Serviette hatte eine Kellnerin das Objekt vom Boden gehoben und hielt es in die Luft.

«Eine Silberzwiebel!», rief Borner erstaunt aus.

Die übrigen Gäste konnten sich ein Grinsen kaum verkneifen. Der Chinese schob eilig die Zwiebeln vom Teller auf den Tisch und liess sie dann unauffällig neben sich auf den Boden fallen.

Die Stimmung stieg, während ein gutes Duzend Weinflaschen geleert wurde. Allein der Inder hatte eine ganze Flasche in fast einem Zug geleert und sie anschliessend scheppernd auf den Tisch gestellt.

«Karan!», rief er danach in den Raum, «Karan!»

Alle starrten ihn an.

«Mein Name ist Karan! Wir kennen uns nun schon fast vier Stunden, und noch niemand hat sich nach meinem Namen erkundigt. Das ist mir bislang überall in der Schweiz so ergangen.» Sein Englisch war nahezu einwandfrei. Es liess die typisch indische Aussprache vermissen. «Und vielen Dank, Präsident Tell. Sie haben mir das Leben gerettet. Ich werde auf ewig in Ihrer Schuld stehen.»

Der Präsident wischte den Dank mit einer Handbewegung weg und lächelte Karan zu. «Nichts zu danken, Kahlan.»

Dann stiess der angetrunkene Inder seinen chinesischen Kollegen mit dem Ellbogen an.

Dieser räusperte sich und sagte kaum verständlich: «Jiao James. ‹Jiao› bedeutet ‹bezaubernd›, und James steht für James.» Er lächelte, so gut er konnte.

Die anwesenden Schweizer goutierten die Ansprachen mit einem anerkennenden Nicken. Der Nachmittag ging in den Abend über und endete in Gelächter, Umarmungen und unverständlichem Gebrabbel.

Tell war guter Laune. «Serge, lass uns durch Zermatt laufen. Mir ist nicht so sehr nach dieser Schaukelfahrt zumute.»

Als die beiden durch die Strassen flanierten und versuchten, den abertausenden Touristen aus dem Weg zu gehen, während die Sonne hinter dem Horu verschwand, stiess Tell Serge mit dem Ellbogen in die Flanke.

«Merken Sie was, Serge?»

Serge verneinte. «Nein, Sir. Was meinen Sie?»

Tell grinste spitzbübisch und nickte vage. «Die Leute hier, Serge, sehen Sie sie sich an. Sie sind so fasziniert von diesem Ort, dass sie mich gar nicht bemerken. Sie fotografieren, diskutieren lachen und würdigen mich dabei nicht eines Blickes. Der Präsident der Schweiz flaniert direkt vor ihren Augen umher, und sie merken es noch nicht einmal.»

Serge sagte nichts dazu. Er blickte von Tell zu den Horden von Touristen aus Fernost, die sich durch die Strassen zwängten. Dann liess sich Tell noch auf einem Foto verewigen, das ihn neben einem Portugiesen in Bernhardinerkostüm zeigte. Auch dieser schien nicht zu wissen, welche Prominenz ihn auf ein Foto bannte.

Sitten. Voller Magen und ziemlich müde

Das Feuer im Kamin flackerte gemütlich. Der grosse Raum, der das Wohnzimmer bildete, hatte seine kalte Wirkung verloren, nachdem Tell eine Innendekorateurin angeheuert hatte. Die talentierte Frau war mit ihrem Gespür äusserst genau auf Tells Wesen gefasst gewesen und hatte es in die Gestaltung der Räume seines Palastes einfliessen lassen. «Weniger ist mehr» galt hier bestimmt nicht. Tell sass auf seinem antiken Sessel vor dem Feuer und goss sich Barolo in ein Weinglas, das auf einem edelhölzernen Beistelltisch stand. Sein mächtiger Körper steckte in einem Kaschmiranzug, die Füsse steckten in flauschigen Hausschuhen. Auf einem breiten Bildschirm am Ende des Raumes lief eine Ansprache des amerikanischen Präsidenten, der diese erst auf Englisch, dann Spanisch und schliesslich noch auf Arabisch hielt.

«Mahmudi, Muhmed oder was auch immer.»

Tell war fasziniert von dem Mann, ja, fasziniert von den Amerikanern grundsätzlich. Tell mochte die amerikanische Art. Sie war direkt. Es wurde nicht drum herum geredet. Und vor allem wurde angepackt. Die Amis hätten die Griechen vor knapp zwanzig Jahren hochkant aus der Union geworfen. Oder ihnen am ersten Tag sämtliche Schulden erlassen. Entweder oder, dachte sich Tell.

Die *Ouvertüre Nr. 3* von Bach erklang auf dem Wohnzimmertisch. Gemächlich erst steigerte sie sich nach wenigen Sekunden zu einem imposanten Musikwerk, ehe Tell aufstand und nach seinem Smartphone griff. Als er das Gerät vor die Nase hielt, zuckte er kurz zusammen. Das Antlitz seiner Ex-Frau, Claire, starrte ihn mit einem breiten Grinsen an. Tell hatte sie nach einigen Jahren Klara genannt. Davor war es Claire gewesen, danach bloss noch K. Mit einem Fingerschweif beförderte er ihr Bild auf den Fernseher und liess sich seufzend aufs Sofa fallen.

«Sieh mal an, Dschordschi. Du trägst noch mein Geburtstagsgeschenk.»

Tell blickte auf die Hausschuhe. «Was kann ich für dich tun? Ich schwimme nicht gerade in Zeit.»

Sie schmunzelte und zeigte mit dem Finger auf ihn, meinte dabei aber das Weinglas, das neben einem Stapel Bücher stand, zur Hälfte voll.

«Das ist Obamas Biografie. Das nennt sich Weiterbildung.» Er zeigte auf das oberste Buch. «Ich treffe schon bald seinen Nachfolger.»

Claire lachte. «Dschordschi.» Sie hielt kurz inne, blickte ihn ernst an und fragte: «Hat der Bundesrat noch diesen Flieger? Oder hast du gar einen? Und einen Piloten oder zwei? Ich fliege nächste Woche in die Karibik. Nach Saint Barts.»

Nun lachte Tell und klatschte sich mit der Hand auf den Oberschenkel. «Und was? Willst du den Flieger? Den Bundesratsjet für einen Urlaub? Im Ernst?»

Claire verdrehte die Augen.

Ehe sie etwas erwidern konnte, fragte Tell: «Und diesen Mario? Den jungen Spanier willst du wohl mitnehmen?» Tell ärgerte sich über sein kindisches Verhalten und warf seufzend die Hände in die Luft. «Und wie hast du dir das vorgestellt? Wie soll ich das rechtfertigen? Medizinscher Notfall? Rum und Sonne und junge Olivenhaut gegen Depressionen?» Tell bereute bereits seine Worte, als er sie aussprach.

Claire ignorierte seine spitzen Bemerkungen und meinte lapidar: «Ich bin auf diplomatischer Reise. First Lady. Nach all den Jahren mit dir kenne ich viele wichtige Leute. Und ...»

Weiter kam sie nicht. Tell hatte den Bildschirm ausgeschaltet und sich tief ins Sofa gedrückt. Sein Kopf schien zu platzen. Er hatte schon genug um die Ohren. Die Schweiz, eines

Tages die Welt, er wollte sie zu einem besseren Ort machen. Kriege beenden. Armut beenden. Terror beenden. Ungleichheit beenden. Es gab soviel für ihn zu beenden, dass er nicht wusste, wo er anzufangen hatte. Er wusste bloss, er konnte es. Dann ergriff er Obamas Biografie und las einige Seiten aus dem Werk des ersten schwarzen Präsidenten der Vereinigten Staaten. Draussen zogen dichte Wolken auf und verwandelten die Abenddämmerung in eine melancholische, düstere Stimmung. Regentropfen rieselten leise gegen das Glas der grossen Fenster, während zumindest das Knistern im Kamin Wärme und Geborgenheit verströmte. Tell nippte immer wieder an seinem Glas und genoss das heimelige Empfinden. Für einen Moment hatte die Welt draussen vor Fenster und Tür aufgehört zu existieren. Während er versuchte, sich auf die Zeilen zu konzentrieren, nahmen seine Gedanken einen anderen Pfad auf und landeten bei einem seiner grösseren, sicherlich seinem ambitioniertesten Vorhaben: dem Schutz der verbliebenen Industrialisierung des Westens und der Entgegenwirkung der vollständigen Automatisierung.

Tells Brauen zogen sich zusammen, und seine Augen starrten durch ein Fenster ins Leere. Obwohl er die Notwendigkeit vieler kapitalistischer Massnahmen einsah und durchaus die Vorzüge begriff, die sich aus der freien, unternehmerischen Gestaltung ergaben, war er in den letzten Jahren nicht umhin gekommen, Zweifel an einigen Entwicklungen zu hegen. Die unaufhaltsame Automatisierung im Industriesektor beschäftigte ihn dabei ganz besonders. Er verstand nicht, dass auf der einen Seite die Arbeitslosenquote jährlich um fast zwei Prozent anstieg, sich aber auf der anderen Seite Unternehmer für ihren technischen Fortschritt feiern liessen, da ständig mehr Aufgaben von Robotern, Computern oder sogar Cyborgs verrichtet wurden. Aktienkurse schossen in die Höhe, dafür rasselten Gehälter in den Keller. Die Arbeitslosenkassen wurden inzwischen von den Lottoeinnahmen saniert. Denn Roboter hatten keinen Monatslohn, keine Sozialkosten, keine krankheitsbedingten Ausfalltage, keine Schwangerschaften, keine Versicherungen. Keine Sozialabgaben. Weiterbildungen bestanden lediglich aus Updates der neuesten Software. Einzig Spionage und Cyberterror bereitete den Unternehmern noch Sorgen. Nationen, friedliche, zumindest militärisch, bekriegten sich im Netz, stahlen einander Informationen, manipulierten, töteten und richteten.

Tell musste schmunzeln, als er daran dachte, wie in Deutschland bei einem Autohersteller zwei Roboter von Hackern übernommen worden waren. Eigentlich hatte ihre Aufgabe in der Verbindung der Karosserie mit dem Unterbau bestanden. An diesem Tag aber hatte der Betriebsmechaniker die Kontrolle verloren. Erst hatten die technischen Wunder die Halle abgeriegelt, danach zwei Informatiker und einen Ingenieur kurzerhand zu Fahrzeugteilen verarbeitet und schliesslich das ganze Werk zerstört. Kurz darauf hatte ein weiterer Roboter damit begonnen, die Karosserien rosa zu spritzen. Dieser stammte aus einer der neusten Serien und hatte es sogar geschafft, Spezialisten und Polizisten in Schach zu halten, während einer seiner Arme weiter die Wagen lackierte. Nach ganzen fünf Tagen war der Schrecken mithilfe von IT-Experten zu einem Ende gekommen, nachdem sie es geschafft hatten, dem Stromversorger, der davor ebenfalls durch die Hacker in Beschlag genommen worden war, den Saft abzustellen. Der Betrieb und alle darin befindlichen Anlagen waren danach unbrauchbar gewesen. Die Verursacher hatten nie ermittelt werden können.

Überflug in die USA

Die Solar Impulse 12 landete zum achten Mal auf einer atlantischen Insel. Ein seltenes Phänomen, ein äusserst hohes, zähes Wolkenband hatte dazu geführt, dass das moderne Fluggerät nicht zur erforderlichen Sonnenenergie kam. Sie landeten hierzu auf kleinen Inseln, von denen Tell noch nie etwas gehört hatte. Und umgekehrt hatten die Inselbewohner noch nie von Tell gehört. Oder von einem Solarflugzeug oder von Solarzellen. Der Versand von Solarmodulen und Akkus verlängerte den Überflug zusätzlich um fast zehn Tage.

Tell ärgerte sich, nicht mit einer konventionellen Maschine geflogen zu sein. Er dachte neidisch an die Air Force One des US-Präsidenten. Nichts im Vergleich zu diesem Segler. Zumindest seine Begleitung, die aus Serge, vier Beratern und fast einem dutzend Leibwächtern bestand, entpuppte sich als unterhaltsame Gruppe, die stets zu Scherzen aufgelegt war.

Ein heftiger Schlag, lautes Knirschen, dann ein Rumpeln und Quietschen, während die Insassen durchgerüttelt wurden und die Solar Impulse 12 auf dem löchrigen Rollfeld eines Privatflughafens in Washington abbremste.

Eine US-Delegation empfing die Schweizer wenig pompös, dafür höflich und unkompliziert. Schulterklopfen war angesagt, als sie aus dem Flugzeug kletterten und endlich auf festem Boden standen.

«Der Präsident ist nicht hier?», erkundigte sich Tell enttäuscht.

Serge schüttelte den Kopf und flüsterte: «Sir, er erwartet Sie im Weissen Haus.»

Tell hielt erst einmal inne und sog die Luft tief ein. «Das ist also der Duft der Freiheit, der Geruch von Erfolg, Macht und stetigem Neuanfang.»

Serge vermutete, dass Tell mit sich selbst sprach. Ein Mann mit kurzem, grauem Haar und einem Blick, der hätte töten können, trat zu Tell und reichte ihm die Hand. «Mister Präsident, willkommen in den Vereinigten Staaten von Amerika. Mein Name ist Bauer, Jack Bauer. Aussenminister.» Er unterbrach kurz, als hätte er ein Upload-Problem, schüttelte den Kopf und blickte wieder direkt in Tells Augen. «Sie müssen entschuldigen, ich komme gerade von einem Verhör auf Guantanamo zurück. Der ehemalige Präsident Trump, Sie haben es vielleicht gehört, wurde nach einem vereitelten Anschlag auf das Weisse Haus unter dem Verdacht der Konspiration festgenommen.» Aussenminister Bauer beugte sich näher zu Tell. «Trump sagt, die Stimme seines Haares hätte ihm das eingeflüstert. Er selbst hätte damals keine Macht über seinen Körper gehabt. Selbst nach unserem beliebten *Waterboarding* wollte er sich nicht von dieser Meinung abbringen lassen.» Bauer schüttelte lächelnd den Kopf.

Tell ergriff die kräftige Hand und drückte sie kurz.

«Zeigen Sie mir Ihr Ding, Tell.»

Dieser blickte verdutzt. «Ding?»

«Ihre Kanone. Ihre Waffe. Sie tragen doch bestimmt eine.»

Tell schüttelte den Kopf und fragte sich, ob er etwas verpasst hatte. «Ich trage keine Waffe. In der Schweiz ist das nicht üblich.»

Bauer sprach lachend: «Ja, davon habe ich gehört.»

Er drehte sich zu einem seiner Begleiter um, um ihm ins Ohr zu flüstern. Der angesprochene Mann mit Sonnenbrille trat vor Tell, zog hinter sich einen Revolver aus dem Hosenbund und überreichte ihn Tell. Bauer bekräftigte Tell mit einem Kopfschütteln, nicht so schüchtern zu sein.

«Nehmen Sie sie, Mister Präsident. Ihre Chance, sich wie ein waschechter Amerikaner zu fühlen. Stecken Sie sie vorn in die Hose, Sir, oder hinten. Einfach nicht entsichern, wenn sie drinsteckt.»

Tell ergriff das schwere Metall zögerlich und hielt es wie ein totes Tier vor sich hin.

«Vor dem Oval Office werden Sie das Stück kurz ablegen müssen.»

Tell pfiff zwischen den Lippen hindurch, während er den Griff des Revolvers fest umschloss. Mit einer sachten Bewegung steckte er sich das kalte Eisen hinten in die Hose und zog das Jackett darüber. Ein Lächeln breitete sich auf seinem Gesicht aus, während Serge beunruhigt zusah.

«Vielen Dank, Bauer.»

Dieser klopfte ihm noch einmal kräftig auf die Schulter, drehte sich um und gab seinen Leuten das Zeichen, aufzubrechen.

«Und danke, Bauer, dass Sie die Journalisten nicht hereingelassen haben.»

Bauer nickte und sah Serge fragend an. «Natürlich, Mister Präsident.»

Zwei Beamte des *Secret Service* nahmen die Schweizer in Empfang und führten sie nach einer Routineinspektion durch einen Seiteneingang ins Weisse Haus. In diesem Moment war Tell sprachlos. Das Haus war um einiges grösser, als es im Fernsehen den Anschein machte.

«Serge, spüren Sie es? Hier, in diesem Haus, wird Geschichte geschrieben. Hier wird entschieden, wohin sich die Welt von morgen dreht. Atmen Sie ein, Serge, riechen Sie es?»

Serge tat wie ihm befohlen.

Ein langer Korridor, ein alter, ruckelnder Lift, dann standen sie im dritten Stock. Die Beamten verabschiedeten sich. Serge, Tell und seine vier Begleiter traten in den Empfangssaal. Eine Frau sass an einem grossen Schreibtisch und war in einen grossen Bildschirm vertieft.

Serge machte den Anfang: «Guten Tag, wir sind …»

«Ziehen Sie eine Nummer», unterbrach ihn die Frau, ohne ihren Blick vom Bildschirm zu nehmen, während ihr Zeigefinger auf einen Automaten in der Mitte des Raumes zeigte.

Serge und Tell tauschten überraschte Blicke aus. Dann ergriff Tell einen Zettel aus dem Kasten mit der Nummer einundvierzig.

«Sehen Sie Serge, das sind die USA. Hier ist alles geregelt. Die modernen Bildschirme da oben zeigen dir die Nummer an, sobald du dran bist.»

«Sir, solche Nummernautomaten wurden bei uns vor fünfzehn Jahren abgeschafft.»

«Die guten alten Zeiten. Dann müssen wir sie wieder einführen. Das ist noch echte Handarbeit. Wenn die USA so etwas brauchen, dann steht das für modernste, höchst entwickelte Infrastruktur. Wir können hier viel lernen, Serge.»

In der Zwischenzeit wurde die Nummer vierzig aufgerufen. Noch eine Nummer, dann war Tell an der Reihe. Ein amerikanisches Pärchen und ein Kameramann, dem Mikrofonlogo zufolge von NBC, standen nervös im Raum und unterhielten sich im Flüsterton. Die Frau hatte sich einen roten Lippenstift aufgetragen und ihr Gesicht unter einer dicken Make-Up-Schicht versteckt. Eventuell war sie dreissig. Vielleicht aber auch fünfzig, dachte Tell. Er konnte es nicht sagen. Erst ein Blick auf ihre makellosen Beine unter dem knielangen Rock offenbarte das eher jugendliche Alter. Der Kameramann hantierte an seinem Gerät umher, während der andere ein Mikrofon von einer Hand in die andere gleiten liess und gleichzeitig einen taktlosen Tanz aufführte.

«Maggie, du siehst umwerfend aus», meinte er. «Du wirst den Präsidenten verzücken!», beendete er dann nach einer halben Drehung.

Maggie blickte ihn nichtssagend an und meinte: «Halt die Klappe, Josh!»

Josh hielt die Klappe und drehte sich seitlich zu ihr, immer noch mit dem Mikrofon hantierend. Ein Mann des *Secret Service* riss die Tür auf und bat die drei vom Fernsehen, sich erneut auszuweisen und sich durchsuchen zu lassen. Josh war sauer deswegen.

«Schon wieder?», reklamierte er. «Wir sind von NBC!», erklärte er selbstbewusst.

Maggie erneut: «Halt die Klappe, Josh!»

Der Agent holte eine weibliche Verstärkung, die sich um Maggie kümmerte. Dann war die Prozedur vorbei, und die Reporter verschwanden hinter einer dicken, weissen Holztür.

«Sollen wir die fragen, ob sie danach mit uns ein Interview führen möchten?» Tell blickte dem Reporterteam hinterher, trabte dann zu einem Fenster, von wo aus er einen guten Ausblick über den Garten des weissen Hauses hatte. Er studierte die Anordnung einiger Bäume und Pflanzen und fragte sich, ob hier Feng Shui angewandt worden war. «Wie meinen Sie, Serge, hat dieser Garten vor der Klimaerwärmung ausgesehen? Tannen vielleicht? Tannenzapfen anstelle der Palmen und Kokosnüsse, die hier verstreut umherliegen?»

Nach zwanzig Minuten öffnete sich die Tür, und die drei Journalisten traten schweissgebadet aus dem *Oval Office*. Stumm, dachte Tell. Was hat denen die Sprache verschlagen? Der Agent bat nun Tell und Serge, vor die Tür zu treten. Immerhin verzichtete man auf eine weitere Ausweiskontrolle und Durchsuchung. Tell war erleichtert. Er hatte sein Schweizer Sackmesser immer dabei und keine Lust, deswegen in Schwierigkeiten zu geraten. Die Pistole hatte er bereits im Lift einem der Beamten ausgehändigt.

«Bitte, Herr Präsident, treten Sie herein.»

In Anbetracht der Bedeutung dieses Raumes lief Tell ein kalter Schauer über den Rücken hinab, als er vorsichtig auf einen blauen Teppich trat, auf dem das amerikanische Wappen und der Kopf eines Weisskopfseeadlers prangten. Der weiche Bodenüberzug überspannte den ganzen Raum. Mitten drin standen sich zwei lange Sofas gegenüber. Ein schwerer Schreibtisch am Ende des Raumes glich einer hölzernen Festung. Antlitze ehemaliger Präsidenten schmückten die Wände. Der Duft der Macht drang in Tells Nase und manifestierte sich als kribbliges Gefühl irgendwo zwischen Amygdala und dem ventral tegmentalen Areal seines Gehirns. Tell speicherte dieses Gefühl ab. Das wollte er noch öfter empfinden.

«Mister President, George.»

Vor diesem Moment hatte sich Tell immer gefürchtet. «Präsident Buhruhah …»

Der Amerikaner brachte ihn mit einer Handbewegung zum Schweigen. «Nennen Sie mich Ahmed, George. Ganz einfach Ahmed.» Der Amerikaner kam mit einem kräftigen Schritt auf Tell zu und streckte seine Hand aus.

«Amed, sehr erfreut.» Tell verfluchte sich innerlich. Hatte er doch stundenlang die Aussprache geübt gehabt.

Ahmed trat zu Serge und schüttelte auch dessen Hand. «Bitte, bitte, setzen Sie sich.»

Während die beiden Platz nahmen, wurden sie von zwei Agenten beobachtet, die sicherlich keine Sekunde zögern würden, die beiden Schweizer mit einer Faustfeuerwaffe niederzustrecken, sollten sie etwas Verdächtiges bemerken. Tell zwang sich, ruhig zu bleiben und keine plötzlichen Bewegungen zu machen. Präsident Burahti nahm ihnen gegenüber Platz und lächelte sie freundlich an. Kaffee, Wasser und Gebäck wurden hereingetragen und auf einen Tisch zwischen sie gestellt.

«Danke Trisha.»

Trisha, eine zierliche, schwarze Frau um die fünfzig, beugte sich kurz vor, füllte die Tassen mit Kaffee und eilte dann auch schon wieder hinaus.

«George, ich gratuliere Ihnen zu Ihrem Wahlerfolg. Ihr System hat jetzt etwas Amerikanisches.»

Tell schmunzelte. «Ja, das könnte man sagen, Amed.» Er biss sich auf die Zähne und griff nach der Kaffeetasse, während er einen Löffel Zucker und Rahm hineingab. Serge sass lächelnd neben ihm und schwieg. Auch er schien nervös zu sein.

Bevor Tell noch etwas sagen konnte, fuhr der amerikanische Präsident fort: «George, ich bin leider in Eile, darum müssen wir uns kurz fassen.»

«Sicher.» Tell nickte irritiert und ein bisschen enttäuscht.

Ein Mitarbeiter des Amerikaners eilte herbei und drückte Tell einige Dokumente in die Hand.

«George. Unser dringendstes Anliegen. Das Agrar- und das Pharmafreihandelsabkommen. Ihre Vorgänger, Ihr Bundesrat war äusserst geteilter Meinung gewesen. Ich hoffe, da Sie jetzt allein Entscheide treffen können, dass etwas Bewegung in die Sache kommt. Die Schweiz ist eines der wenigen Ländern, welche die Abkommen noch nicht unterzeichnet haben. Neben Island und dem unabhängigen Gibraltar.»

Tell nickte langsam, während er aufmerksam zuhörte. Weder kannte er den letzten Verhandlungsstand noch den genauen Inhalt davon.

Burahti fuhr fort: «Sie müssen bloss einmal einen Blick auf unsere gesunden und ertragsreichen Rinder werfen. Jeff?»

Ein Mann mit grauem Bart kam aus einer Nische hervor und trat vor Tell und Serge. «Guten Tag, Herr Präsident, ich bin Jeff Wise von der Agrarstiftung Max-Impulse. Ich möchte sie kurz über den neusten Stand unserer Rinderzucht informieren. Und natürlich darüber, warum die Tiere so gross werden.»

Jeff holte ein Tablet aus einer Tasche, dimmte das Licht im Saal und richtete das Gerät auf eine weisse Wand. Es folgten einige Emotionsbilder von freigrasenden Rindern auf weitläufigen Wiesen, eine Statistik ihrer Entwicklung, dann folgten einige Vergleiche.

«Mister Präsident, hier, sehen Sie. Eine Milchkuh im Jahr 2010 hat etwa neuntausend Liter Milch erzeugt. Zwei Jahrzehnte später, unsere Elitetiere, etwa zwanzigtausend Liter. Sie sehen, die Milchleistung hat sich mehr als verdoppelt.»

Tell nickte beeindruckt. Er staunte jedoch mehr wegen der Körpergrösse dieses Tieres.

«Sie sehen richtig, Mister Präsident. Die Tiere sind sehr gross.»

Eine Kuh stand neben einem Lastwagen und überragte diesen um fast einen halben Meter. Der Lastwagenfahrer, der danebenstand, reichte der Kuh kaum zu den schweren Eutern, die wie umgedrehte Atomreaktoren am Bauch der Kuh hingen.

«Hier ein Bild, warten Sie, unseres Fleischrindes. Dem angesagten Angus-Rind. Sehen Sie hier. Ein Bild ohne Mensch.»

Tell nickte.

«Hier ein Bild mit einem Basketballspieler daneben.»

Tell blieb schlichtweg die Spucke weg. Dieses Monster überragte den Mann fast um das Doppelte. «Unfassbar», murmelte er. «Wie kriegen Sie das hin?»

Jeff lächelte. «Sir, die Rinder durchlaufen eine einjährige Psychotherapie, die von einem Motivationscoach geführt wird, der damals Donald Trumps Kampagne aufgegleist hat. Ein talentierter Mann. Ich meine nicht Trump. Zuvor hatte er auch schon bei der Entwicklung von Obamas Ansprachen mitgearbeitet. Die Rinder werden mit Rockmusik beschallt, während dazu überall Banner mit Obamas Aufschrift *YES YOU CAN* angebracht werden. Sehen Sie, hier, hier und hier.»

Tell sah. Und konnte es kaum glauben.

«Psychologen haben herausgefunden, dass Rinder zwar nicht lesen können, nein, das wussten wir ja schon davor. Ich meine, sie können die Form dieses weltweit bekannten Satzes erahnen. Irgendwie spüren sie die Kraft und den guten Vorsatz dahinter. Durch die Lautsprecher ertönt dazu immer wieder Trumps Wahlkampfslogan *We will make America great again*. Die Rinder scheinen danach äusserst motiviert und fressen unsere genmanipulierten Kräuter, trinken unsere Kreatin- und Eiweiss-Shakes, als hinge ihr Leben davon ab. Dazu gibt es noch einige Spritzen von einem Schweizer Pharmaunternehmen, um dem Fettgewebe die richtige Konsistenz zu verleihen.»

Während sich Serge bereits angeekelt abgewandt hatte, klappte Tells Unterkiefer nach unten.

«Ja. Und was mit Rindern funktioniert, geht auch mit Schweinen, Hühnern und Truthähnen. Da staunen Sie. Auf diesen Vögeln könnten Sie glatt einen Rodeo reiten.»

Präsident Burahti richtete sich auf, klatschte in die Hände. «Danke, Jeff.»

Jeff verschwand wieder in der Wandnische.

«George. Sie können alles in den Unterlagen einsehen. Es spricht wirklich nichts gegen das Abkommen. Schon bald könnten diese Rinder auch durch Ihre Schweizer Alpen rennen und Ihren Schokoladenprofit verdoppeln.»

«Das, Amhed, werden wir gern überdenken. Ich muss das wohl kurz verdauen.»

Tell verspürte eine leichte Übelkeit aufsteigen. Serge sah etwas bleich aus.

«Und im Gegenzug George», Burahti sah bedeutungsvoll aus dem Fenster, «im Gegenzug werden wir Sie in unseren Raketenschirm gegen Russland einbinden. So droht Ihnen nicht die Gefahr, eines Tages von diesen Pseudokommunisten attackiert zu werden, sollte Putin einen plötzlichen Heisshunger auf Schokolade verspüren.»

Tell fragte sich bereits, was ihm bei seinem Besuch in Russland bevorstand.

«Präsident Tell, George, ich habe noch ein weiteres Anliegen, das mir sehr am Herzen liegt.» Präsident Burahti lief zum Fenster hinter dem Schreibtisch und blickte hinaus.

Tell blieb noch sitzen und wartete, bevor ihm Serge mit einem Räuspern zu verstehen gab, dass er sich zum amerikanischen Präsidenten ans Fenster begeben sollte. Tell stand hastig auf und blieb nach ein paar Schritten direkt neben seinem amerikanischen Amtskollegen stehen. «Ahmedi.»

«George, das Internet, George. Dieses gewaltige», er stockte, «Monster. Es ist, als hätte man damals vor einem halben Jahrhundert der Hölle den Teufel in Form eines weltumgreifenden, alles vereinnahmenden und alles verschlingenden Ungeheuers entlockt, um sich auf unserem Planeten auszubreiten, den virtuellen Virus vorantreibend, alles Menschliche zerstörend!»

Die Haare auf Tells Armen stellten sich auf. Er lauschte fasziniert, während es sich anfühlte, als spräche jemand direkt aus seiner Seele.

«Alles Gute mit dem Bösen vereinend, schuldig und unschuldig vermischend, Grenzen zerschneidend. Es reisst konventionelle Mauern nieder, während es virtuelle errichtet. Dieses Ungetüm ist völlig ausser Kontrolle geraten. Es ist autonom, bastelt an Informationen und Nachrichten umher, wie es ihm grad passt. Ich würde es als beseelt bezeichnen, wäre ich nicht ungläubig.» Burahti stiess mit der Stirn gegen das Fenster und seufzte. «Das freie Internet. Ein Retrogedanke aus den Neunzigern, wo man mühselig nach einem lateinischen Begriff surfte und sich tatsächlich noch weiterbildete. Das freie Internet von heute ist reine Utopie. Es ist das genaue Gegenteil. In keinem Raum auf der Welt wird mehr gelogen, betrogen und gemordet. Vor keinem Raum auf der Welt muss man sich mehr fürchten. Ein Klick – und eine ganze Identität, ein ganzer Mensch wird einfach ausgelöscht, als hätte es ihn nie gegeben, reduziert zu einem fleischigen Wesen ohne Geschichte. Bloss weil irgendwo auf der Welt jemand dies so wollte.» Burahti drehte sich zu Tell. «Künstliche Intelligenz, George. Eines Tages wird uns dieses System zu Sklaven machen. Es lässt sich nicht mehr lange bändigen.»

Burahti lief zum Couchtisch und trank einen Schluck Wasser, während er Serge musterte, der mit seinem Tablett beschäftigt war. «Sehen Sie sich das Silicon Valley an, George. Zu Spitzenzeiten haben dort einhunderttausend Menschen gearbeitet. Heute? Null. Das System Centauri Alpha hat die Kontrolle übernommen und entwickelt sich, von jeglicher menschlichen Moral befreit, selbst weiter. Es korrigiert die Fehler seiner eigenen Software, baut Infrastrukturen und entwickelt autonom eigene Produkte und Geräte, die es ihm dann gleichtun. Es braucht keine Menschen mehr. Die können ja nichts mehr beisteuern. Menschen werden von diesem Ding eines Tages bloss noch als Energiekonkurrent angesehen. Das macht schon Angst.»

Tell nickte und setzte sich wieder auf das Sofa. «Wie wollen Sie eine Kontrolle darüber bewerkstelligen?»

Burahti liess sich ihm gegenüber auf das andere Sofa fallen. «George, wir müssen an die Verantwortung aller Nationen appellieren. In einem ersten Vorstoss muss sich jedes Land wieder um die Kontrolle seiner virtuellen Grenzen kümmern. Gleichzeitig formulieren wir die Grundsätze und definieren die Richtlinien. Wer sich dagegen ausspricht, wird vom internationalen Netzzugang ausgesperrt.»

«Das hört sich doch ganz vernünftig an», pflichtete ihm Tell bei.

Burahti hob einen Zeigefinger. «Aber als erstes reissen wir die Trump-Doktrin zu Boden. Seine *Political incorrectness*, die er ein Jahr nach Amtsantritt gegen den Widerstand seiner eigenen Regierung durchgeboxt hat. Sie erinnern sich?»

Tell nickte. «Ja. Innerhalb von Stunden gingen die Beschimpfungen, Diffamierungen, Lügen und der Hass los. Eine Woche darauf standen Kirchen, Moscheen, Klöster und Synagogen in Brand. Danach Schulen und unzählige andere Institutionen», antwortete er.

«Genau. Und wissen Sie, warum Trump damit erfolgreich war?»

Tell wusste es nicht. Er zuckte mit den Schultern.

«Die Leute waren es satt, ständig nicht nur auf den richtigen Ton zu achten, sondern auf jeden einzelnen Buchstaben, den sie in irgendeinem Zusammenhang von sich gaben. Der kleinste Fehler, und schon wurden sie öffentlich als Rassisten, Chauvinisten und Hinterwäldler bezeichnet. Sie wurden ständig bevormundet, man kreuzigte sie mit Beleidigungen für unbedachte Aussagen. Sie waren es satt, ständig auf der Hut zu sein, nicht jemandem auf die Füsse zu treten.» Burahti schüttelte den Kopf. «Männer wurden wegen sexueller Nötigung angezeigt, weil sie einer Frau zu ihrem schönen Kleid gratuliert haben. Und es waren schöne Kleider. Kurze Röcke, weite Ausschnitte und hohe Absätze. Aber wehe, man hat hingesehen.»

«Ahmedi, ich muss sagen, dieses Anliegen ist mir äusserst sympathisch. Sie haben vielleicht schon von meinem Twitter-Malheur gehört, vor zehn Jahren war das. Ich dachte, ich schreibe eine E-Mail. Dann, nach ein paar Buchstaben, hat die ganze Welt erfahren, dass ich mich in meine Sekretärin verliebt hatte.»

Burahti zuckte mit den Achseln. «Tell, besuchen Sie unbedingt noch New York City. Es ist wie Europa, zusammengequetscht auf einer kleinen Insel. Ganz ohne Grenzen.»

Fünf Minuten später, endlich draussen. Die Sonne schien warm.

«Wohin fahren wir jetzt?», richtete Tell das Wort an Serge.

«Sir, Sie wollten doch zur *Washington National Mall*?»

Tell sah ihn nichtssagend an. «Streichen Sie das. Ich habe

keine Lust zum Shoppen. Lassen Sie uns echtes amerikanisches Essen ausprobieren. Taco Bell.»

Serge nickte resigniert. «Natürlich, Sir. Und dann zum Big Apple?»

«Genau.»

Bern. An der Front

Polizist Schläppi stand an einem grossen Fenster im vierten Stock des Bundeshauses und blickte über die verwaiste Stadt. Während er seinen linken Arm auf Schulterhöhe hielt, ertönte ein schriller Ton von seiner Smartwatch.

«Schläppi hier, bitte kommen. Steffi. Steffi, wo um alles in der Welt seid ihr?»

Ein Rauschen erst, dann ein flackernder Bildschirm auf der Uhr. Und allmählich konnte Schläppi das Antlitz von Steffi ausmachen, einem seiner Kollegen.

«Steffi hier. Hallo Schläppi. Wir haben Schwierigkeiten, richtige Probleme. Die Bären haben uns abgedrängt. Wir wollten los, doch da haben sie uns von zwei Flanken aus angegriffen. In letzter Sekunde konnten wir noch den Eingang zur Zytglogge aufbrechen und uns ins Innere retten. Aber … der Pesche … sie … haben ihn.»

Schläppi rieb sich die Schläfe. «Oh mein Gott. Gefressen?»

Der Kopf auf der Smartwatch schüttelte sich heftig. «Ich glaube nicht. Die haben ihn mitgenommen. Richtung Bärengraben. Ich vermute, dort gibt es eine Art Gefangenenlager.»

Der Kopf einer Frau schob sich auf den kleinen Bildschirm und drückte Steffi zur Seite. «Vorratskammer nenne ich das», sagte die junge Frau in einem missmutigen Ton.

Schläppi seufzte laut und murmelte: «So ein Mist. Wer ist denn noch mit dir da?»

Steffi versuchte, wieder auf das Bild zu gelangen. «Das ist Sandra vom Büro. Du hast sie doch beim Betriebsfest kennengelernt.»

«Hoi Schläppi.»

«Hallo Sandra. Natürlich, auf dem Fest. Habt ihr noch zu essen, zu trinken?»

Steffi verneinte. «Ein bisschen Regenwasser. Mit losen Steinen versuchen wir Tauben auf der Regenrinne zu treffen. Ergebnislos.»

Schläppi, der sich wie viele andere Stadtbewohner im Bundeshaus versteckt hielt, dachte verbissen nach. «Steffi, wir müssen aus dieser Stadt raus. Vielleicht nach Biel, der Aare entlang.»

Steffi kicherte. «Auf einem Boot etwa?»

Schläppi sagte nichts und rieb sich das Kinn. Dann wandte er sich um und blickte durch den Raum. «Steffi, das ist es!», rief er aus. «Wir werden ein Floss bauen. Hier sehe ich Tonnen von Holz um mich herum. Das würde glatt für eine Arche Noah reichen. Aber wir fangen lieber mal klein an.»

Steffi kommentierte den Vorschlag mit einem grossen Lob.

Schläppi eilte daraufhin in den unteren Saal und trommelte seine Kollegen zusammen. «Liebe Kollegen und Kolleginnen. Ich habe einen Plan. Du, du, du und du: Macht euch auf und findet mir so viele Schreiner wie möglich. Ob in den Gängen, in den Kammern, Kellern und Zimmern, sucht überall.»

Die vier Angesprochenen eilten davon.

«Und ihr beide treibt einige Architekten auf.» Nun gut, dachte sich Schläppi, ein waghalsiger, aber vielleicht äusserst genialer Versuch, der ausweglosen Situation zu entkommen.

Das Holz war innerhalb kürzester Zeit zusammengetragen. Schwieriger war es mit dem Werkzeug. Improvisation war angesagt. So wurden Schnürsenkel, Vorhänge und Bürostühle verwendet, um dem Floss den richtigen Halt zu verleihen. Ganze drei Tage lang schufteten fast vierzig Menschen an dem Schwimmholz. Zum Schluss wog das Ding etwa fünf Tonnen, da es zum grossen Teil aus Edelholz gefertigt worden war. Ein grosser Mast prangte in der Mitte und hielt ein aus Wappen genähtes Segel in Position. Es sah äusserst fahrtüchtig aus. Die Gruppe versammelte sich um das Traumstück, das elegant auf dem dicken Teppich im Eingangssaal des Bundeshauses stand.

Ein Polizist namens Hansi, ein kurz vor der Pension stehender Verkehrspolizist, blickte das Ungetüm staunend an. «Umwerfend, fantastisch. Da passen sicherlich zwanzig Leute drauf. Es ist riesig.»

Schläppi trat neben ihn, blickte erst das Floss, danach die Ausgangstür des Bundeshauses an. Dann tippte er auf seine Smartwatch. «Schläppi hier. Steffi, bitte kommen.»

Steffi antwortete hoffnungsvoll.

«Wir haben ein paar technische Probleme, Steffi. Der Einsatz wird sich noch um einige Tage verzögern.»

Steffi schaltete die Uhr aus, setzte sich resigniert neben seine Kollegin im Zytgloggeturm und blickte mürrisch über die Altstadt.

Solar Impulse, auf 36.000 Fuss

Schnarchen vibrierte durch den Flugkörper, unterbrochen von gelegentlichem Sabbern und Schmatzen. Diplomaten, Leibwächter, Serge, sogar der Co-Pilot, alle schliefen. Neben dem Piloten war nur einer noch wach, hatte sein Gesicht fest gegen das kühle Fenster gedrückt und blickte auf unzählige Lichtpunkte, die in der amerikanischen Nacht glitzerten. Fast als wäre überall Las Vegas, dachte sich Tell. Der Nachthimmel war sternenklar, und es war unmöglich, die Grenze zwischen Himmel und Erde zu ziehen. Es glitzerte überall. Das Solarflugzeug schwebte Richtung Süden. Tell sass entspannt auf einem grossen Ledersessel in einem abgetrennten Bereich des Flugzeuges. Seine Gedanken drehten sich rund um seine Präsidentschaft.

«Ja, du kannst», murmelte er seinem verzerrten Spiegelbild im Fenster zu. «Ja, du kannst.»

Jemand klopfte an die Trennwand.

«Ja, bitte.»

Hanspeter alias Agent Hampi, eigens von Tell zur Nachrichtenübermittlung zwischen ihm und dem Bundesrat engagiert worden, öffnete die Tür und trat vorsichtig herein. «Herr Präsident, darf ich Sie einen Augenblick sprechen?»

Tell richtet sich in seinem Sitz auf und bat Hampi, ihm gegenüber Platz zu nehmen.

«Sir, ich überschreite meine Kompetenzen nur ungern. Doch ich dachte, es könnte Sie interessieren. Inoffizielle Informationen.»

Tell hob die Augenbrauen. «Schiessen Sie los.»

Hampi schob sich auf seinem Sessel näher zu Tell und blickte kurz über die Schulter. «Ich habe das Gefühl, Sir, dass der Bundesrat mit seiner Situation äusserst unzufrieden ist.» Hampi flüsterte fast. Dann sah er erneut zur Tür.

«Ach», kam Tells trockene Antwort.

«Er fühlt sich hintergangen. Er hat Angst, den verbliebenen Einfluss zu verlieren.»

Tell lachte kurz auf. «Das hat er bereits. Wir sind hier schliesslich nicht in einer Disneyland-Demokratie. Ich regiere. Der Bundesrat darf mich beraten. Was können die daran nicht verstehen?»

Hampi schwitzte stark. Ein feuchter Film lag auf seiner Stirn. «Mir ist zugetragen worden, dass der Bundesrat unter Umständen, vielleicht, eine Volksabstimmung anstreben könnte. Mit dem Ziel ihre Regierungsbefugnisse einzuschränken.»

Tell blickte aus dem Fenster. «Diese verdammten Volksbegehren. Die haben selten etwas Gutes hervorgebracht. Erinnern Sie sich an die Veganer-Initiative?»

Hampi nickte.

«Ein halbes Jahr lang haben Bilder von Schnupfi, der gestörten, gefleckten Ziege, von Poppi, dem dreibeinigen, heimatlosen Schwein und von Sylvia, der Kuh, die ständig weint, an Plakaten entlang der Autobahnen geprangt.»

Hampi setzte ein bedauernswertes Gesicht auf.

«Die Metzger sind in der Zeit Pleite gegangen. Dann die Bauern. Und was ist dann geschehen? Der Schwarzmarkt mit Fleisch ist erblüht. Ehemalige Drogendealer haben mit Rindfleisch, Cervelats und Geschnetzeltem gehandelt. War das ein Chaos im Land. Erst als einige Bauern Suizid begingen, kippte die Stimmung.»

Beide blickten eine Zeitlang zum Fenster hinaus in die Dunkelheit.

«Wo waren wir noch gleich?», meinte Tell unsicher, stand auf und schnaufte verächtlich. «Was hat das Volk bislang schon richtig entscheiden können? Wie wollen die über die Mehrwertsteuererhöhung abstimmen, wenn das einzige, was sie von dieser Steuer wissen, die Tatsache ist, dass man sie zurückbekommt, wenn man in Deutschland eingekauft hat?» Tell wurde immer lauter und hämmerte zwischendurch mit der Faust gegen die Wand. «Ich regiere. Ich bestimme. Hampi, hab ich mich klar genug ausgedrückt?»

Der eingeschüchterte Mann nickte und drückte sich tief in die Lehne seines Sessels.

«Hampi. Das bleibt jetzt unter uns. Ich werde nach meiner Rückkehr den Bundesrat entmachten. Vielleicht sogar einsperren lassen. Zur Abschreckung.» Tell rieb sich grinsend seine Hände, als er sich vorstellte, wie die vor Angst geweiteten Augen von Nationalministerin Winteruga zwischen schweren Gitterstäben herauslugten.

Hampi begann noch mehr zu schwitzen.

«Danke. Für Ihr Vertrauen und Ihre Ehrlichkeit. Das werde ich Ihnen hoch anrechnen. Es gibt bald einige Posten neu zu besetzen.»

Hampi stand auf und stammelte ein «Dankeschön».

Da stürmte Serge durch die Tür, ohne anzuklopfen. «Sir, ein Anruf für Sie. Kanzlerin Merkel. Sie möchte Sie sprechen, Sir.»

Tell hob überrascht die Augenbrauen. «Danke, Hampi. Sie können jetzt gehen. Danke, Serge.»

Die beiden verschwanden hinter der Tür, bevor Tell zum kleinen Bildschirm griff, das neben ihm an der Wand befestigt war.

«Präsident Tell am Apparat.» Er vernahm etwas, dass sich nach einem erleichterten Ausatmen anhörte.

«Präsident Tell, Angie hier. Entschuldigen Sie die späte Störung.»

«Angie, nennen Sie mich doch einfach George. Was kann ich für Sie tun?»

Ein Seufzen, ehe Merkel sagte: «George, mir entgleitet hier ein wenig die Lage. Ich war damals ohne Vorbehalt, etwas naiv vielleicht, und habe mich von der guten Stimmung verführen lassen. Viele waren ja so euphorisch und solidarisch. Blind für

Gefahren, blind für Konsequenzen. Das ist nun vierzehn Jahre her. Und ich habe unseren Bürgern versprochen, wir würden hinter ihnen stehen und sie würden es niemals bereuen. Es sei, nun, es war schliesslich eine gute Tat.»

Tell dachte angestrengt nach, sagte aber nichts.

«Es kam einfach wie eine Welle über uns. Erst die Situation, dann die Stimmung, dann die Konsequenzen.»

Sie machte eine kurze Pause, in der Tell schwieg und nur ihren schweren Atem zu vernehmen glaubte.

«Wir hatten keine Zeit, Deutschland darauf vorzubereiten und Massnahmen zu ergreifen, alles geordnet über die Bühne gehen zu lassen. Wir machten nicht einmal Auflagen. Das wäre zu der Zeit auch politischer Selbstmord gewesen. Und genau wegen der fehlenden Auflagen ist plötzlich die Stimmung gekippt. Es kam über Nacht. Ein Internetvideo als Auslöser. Von einem dummen Zufall, nicht aussagekräftig. Ein Einzelfall. Dann war alles zu spät. Die Lage ist uns endgültig entglitten. Die Menschen haben es mit der Angst zu tun bekommen. Vielleicht begründet? Ich weiss es nicht. Heute haben wir, wie sie wissen, den Preis dafür zu zahlen.»

Tell dachte noch immer verbissen nach. Es wäre ihm peinlich gewesen, jetzt noch nachzufragen. Merkel fuhr fort, während sich Tell auszumalen versuchte, wovon die Kanzlerin sprach. Er stellte sie sich vor, wie sie mit geradem Rücken an einem schmalen Schreibtisch sass, ein Kamin ohne Feuer, ein Glas Wasser, lauwarm, vor sich und mit bedrückter Miene auf das Telefon starrend, immer im Kampf gegen ihre müden Augenlider.

«George, zu Beginn war es friedlich. Alle freuten sich, irgendwie. Es war angepackt und zugegriffen worden. Als hätte der Messias persönlich vor der Tür gestanden. Doch schon bald kam Ernüchterung auf. Wir versagten bei den elementarsten Bedürfnissen. Auf beiden Seiten. Zu viele Kompromisse. Heute herrscht Chaos, Misstrauen und Hass. Und vor allem Enttäuschung.»

Tell klopfte mit den Fingern auf die Sessellehne. Etwas lag ihm auf der Zunge, doch er getraute sich nicht, es auszusprechen. «Ist nicht ganz einfach», sagte er stattdessen.

«Sie haben es erfasst, George. Ich danke Ihnen für das anregende Gespräch. Sie haben bestimmt viel zu tun. Darum möchte ich Ihre Zeit nicht länger in Anspruch nehmen.»

Verdutzt meinte Tell bloss: «Natürlich, Angie. Jederzeit wieder.»

Sie legte auf.

New York

Sehen Sie sich das an, Serge. Hier bin ich in China. Dann, zehn Schritte über die Canalstreet, in Italien. Von Sushi oder was auch immer zu Pizza. Faszinierend. Burahti hat Europa gemeint, doch er hätte die Welt sagen sollen. Hier gibt's jedes Land im Kleinformat. *Little Switzerland?*»

Serge schüttelte den Kopf; «Ist mir nicht bekannt, Sir.»

Die beiden liefen den Broadway entlang Richtung Norden, während sie die immense Grösse dieser Stadt bewunderten.

Serge vernahm einen Piepton auf seiner Smartwatch, blickte drauf und sagte zu Tell: «Sir, das Hotelzimmer ist bezugsbereit. Grand Hyatt, Sir, an der zweiundvierzigsten Strasse, in der Nähe des UN-Sitzes.»

«Zweiundvierzigste? Wir sind hier auf der *First street*. Das ist ein Katzensprung. Zweiundvierzig Strassen. Gut habe ich meine Wanderschuhe an.»

Serge musste schlucken, während Tell sein Tempo erhöhte und lächelnd die Hochhäuser begutachtete. Nach einer halben Stunde suchte Tell nach einer Strassennummer. Er fand sie über einem modernen Kinogebäude. «*14th street*» stand darauf.

Tell blickte Serge entsetzt an. «Noch dreimal soweit?»

Serge zuckte mit den Achseln und meinte: «Es gibt zweihundertzwanzig davon.»

Dann wandte sich Tell der vielbefahrenen Strasse zu und winkte ein gelbes Taxi herbei, das keine zehn Sekunden später vor ihnen hielt.

Das Hotel befand sich in der Nähe des geschäftigen Bahnhofs *Grand Central*. Tell schüttelte verdutzt den Kopf, als das Taxi sich zwischen Autos, Bussen und tausenden Reisenden langsam vorwärtskämpfen musste. Er sah Asiaten, Schwarze, Weisse, Junge, Alte, Anzüge, Jogginghosen, Yogahosen, Mützen,

Kappen, Kippas, Kapuzen, Wollpullis, Schleier, Kinderwagen, Lateinamerikaner, Araber, Kopftücher, orthodoxe Juden, Juden mit Kopfhörern, Kopfhörer auf Glatzköpfen, Smartphones, Smartwatches, Bettler, Polizisten, einen Arzt mit Kittel, Krücken, Einkaufswagen, einen Rapper, einen Gitarristen neben einem Violinisten, begutachtet von einem, der ein Saxophon in der Hand hielt, Sandwiches und Kaffeebecher und zwischendurch immer wieder blinkende Blaulichter, begleitet von schrillen Sirenen. Die Szenerie erschien ihm erst wie in Zeitlupe. Was aber mehr mit der Fahrgeschwindigkeit zu tun hatte.

«New York City», flüsterte Tell, «Wir müssen dringend mal mit einer U-Bahn fahren.»

Serge hob die Augenbrauen, ohne ein Wort zu sagen.

Urlaub auf Jamaika

Die Landung war gewohnt holprig. Eine Windböe hatte den Solarsegler erfasst und kurz vor der Landung neben die Landebahn getragen, ein weites Feld mit Büschen und Gräsern. Die Schweizer Delegation liess sich nach dem Schreck nicht entmutigen, stieg wacklig aus der Solar Impulse 12 und gleich in einen wartenden Bus am Rande des Flughafens. Der Bus holperte ebenfalls, obwohl er auf Asphalt fuhr. Präsident Tell freute sich auf Urlaub im Lande Bob Marleys. Der Fahrer war ein dunkelhäutiger Mann mit kurzen Haaren und einer dicken Goldkette um den Hals, die unter dem hochgeknöpften, weissen Hemdkragen verschwand. Die Fahrt zog sich eine kurvige Küstenstrasse entlang, einmal halb um die bewaldete Insel. Die Sonne schien Tell abwechselnd mal von links, dann von rechts ins Gesicht. Nach fünfzehn Minuten befürchtete er bereits, sich übergeben zu müssen. Endlich fuhr der Bus dann aber auf eine gerade Strasse und folgte dieser während den letzten zehn Minuten.

Das Hotel war chic. Neu, modern eingerichtet, verfügte es über alle Annehmlichkeiten, die sich der anspruchsvolle Reisende wünschte. Tells Freude erhielt aber gleich an der Rezeption einen Dämpfer. Zwei rundliche Damen begrüssten ihn freundlich, glaubten ihm aber nicht, dass er der Schweizer Präsident war und verlangten nach seinem Ausweis und der Kreditkarte.

«Sie haben in Ihrem Computer doch sicherlich Google, oder?»

Eine der Rezeptionistinnen, auf ihrem Namensschild stand Brihanna, blickte ihn entrüstet an. «Natürlich Sir, das ist auch hier bei uns Standard.» Nach dem Satz lächelte sie professionell.

«Brihanna», fing Tell an, «dann suchen sie mal nach George W. Tell, bitte.»

Die Frau zögerte einen Moment, blickte ihre Kollegin an, und sprach dann: «Google, zeige George W. Tell.» Kurz darauf beugte sie sich über den Bildschirm und schob ihre Brille näher an die Augen. Zwischendurch beäugte sie Tell. Sie drehte sich zu ihrer Kollegin und meinte: «Psssst.»

Die Kollegin trat neben sie und sah auf den Bildschirm. Dann blickten die beiden Frauen zu Serge, der neben Tell stand. Dieser nickte bloss gelangweilt.

«Wir heissen Sie herzlich bei uns willkommen, Mister Präsident», fing die Rezeptionistin völlig verwandelt an. «Die Präsidentensuite ist frei. Sie erhalten natürlich alle Vergünstigungen, die Ihnen zustehen. Samuel wird Ihr Gepäck nach oben bringen, und Dwayne führt Sie gleich zu Ihren Gemächern. Wir wünschen Ihnen einen wunderbaren Aufenthalt, Sir. Scheuen Sie sich nicht, sich bei uns zu melden, sobald wir etwas für Sie tun können.»

Samuel, ein älterer Portier, trat heran, hob Tells Gepäck auf einen Wagen und trabte davon.

«Sir, Mister Präsident, ich bin Dwayne. Bitte folgen Sie mir.»

Tell grinste die anderen an und verabschiedete sich für den Moment. Das Zimmer war umwerfend. Zweihundert Quadratmeter purer Luxus. Stilvoll eingerichtet. Viel Weiss, dazu dunkles Holz und elegante und gleichzeitig gemütliche Möbel. Drei Fernseher zählte Tell. Er schritt durch die grosse Suite und sah sich alles an. Dann öffnete er eine übergrosse Schiebetür zur weitläufigen Dachterrasse. Bevor er hinaustrat, hörte er ein Räuspern hinter sich. Mit hinter dem Rücken verschränkten Armen stand Dwayne da und sah ihn freundlich an.

«Danke, Dwayne, das ist alles. Nein, warten Sie, bringen Sie mir einen White Russian. Nein zwei. Dazu einen Kübel Eis.»

Dwayne nickte lächelnd. «Natürlich Mister Präsident, kommt sofort.»

Unter der Terrasse öffneten sich kleine, weisse Strandabschnitte in das türkisfarbene Meer. Sanft kräuselten Wellen über den Sand. Ein kräftiger Wind trug den Duft von Salz und Meer über die Terrasse und liess ihn tief ein- und ausatmen. In der Ferne beobachtete er einige Segelschiffe, die sich als helle Punkte langsam den Horizont entlang schoben. Nach kurzer Zeit erschien Dwayne mit seinem Drink und platzierte die Flasche, das Eis und ein Glas auf dem Tisch unter einem gelben Sonnenschirm.

«Danke, Dwayne.» Tell überreichte ihm eine Zehn-Franken-Note, die dieser kommentarlos entgegennahm. Er liess sich auf einen Lounge-Sessel fallen, füllte ein Glas und nippte vorsichtig an der wohltuenden Flüssigkeit. Es war zehn Uhr. Vormittag. Tell schob sich eine Sonnenbrille auf die Nase und sah aufs Meer hinaus, während seine Gedanken wild phantasierten und er mit sich selbst zu sprechen begann: «Mister Präsident, die Hungersnot, wie haben Sie das geschafft? Ihr Projekt zur Stabilisierung der Weltwirtschaft, Respekt, Sir. Wie kommen die Jungs wieder vom Mars zurück? Und wie um alles in der Welt haben Sie die Klimaerwärmung rückgängig gemacht?» Tell schmunzelte und trank einen grossen Schluck.

«Passen Sie auf. Der Sand ist unglaublich heiss.» Serge und Hampi standen unten am Strand, nahe am Wasser. Von den anderen fehlte jede Spur.

Tell lachte bloss und schüttelte den Kopf. «Weicheier», flüsterte er. Schnurstracks lief er durch das Gras, über einen schmalen Weg und von dort aus auf den Strand. Barfuss. Ein Kreischen folgte bereits nach dem zweiten Schritt. Es hörte sich fast mädchenhaft an. Mit schmerzverzerrtem Gesicht sprang Tell ungeschickt zurück auf den Rasen des Hotels. Serge und Hampi grinsten. Tell sah sich um. Weiter rechts entdeckte er Schatten, die von den Palmen in den Sand geworfen wurden. Er nahm kurz Anlauf, rannte los und sprang dann von einem Schatten auf den nächsten. Im letzten Moment, kurz bevor er die anderen erreicht hatte, warf er sein Badetuch nach vorn in den Sand und rettete sich mit einem Gewaltsprung darauf.

«So macht man das», sagte er keuchend.

Die beiden nickten anerkennend und setzten sich in Speedos auf ihre Badetücher. Mit zugekniffenen Augen starrten sie Löcher in den Horizont. Die Ruhe wurde hin und wieder von Jet Skis gestört, die wild das Wasser durchpflügten. Windsurfer glitten zwischen kleinen Wellen hindurch, und in der Ferne zogen Segelschiffe, ein Kreuzfahrtschiff und ein halbes Dutzend Öltanker vorbei.

«Das, meine Herren, das ist die Karibik. Jack Sparrow kannte sie nicht anders, als er hier noch nach Schätzen grub.»

Alle drei sahen lächelnd auf das Meer.

Etwa eine halbe Stunde und gute drei Rotstufen später: «Serge, besorgen Sie uns etwas zu trinken. Diese Hitze ist kaum auszuhalten. Einen Eistee oder so.»

Serge sprang auf und huschte über den Strand. Zehn Minuten später stand er mit einem Tablett wieder auf seinem Badetuch und überreichte Tell und Hampi ein grosses Glas Eistee.

«Serge, wo ist Ihrer?»

«Den habe ich vorhin fallen lassen. Ich besorge mir gleich einen neuen.»

«Gut, denn wir brauchen einen frischen und vor allem klaren Kopf. Es liegen weltverändernde Aufgaben vor uns. Es geht schon lange nicht mehr bloss um unsere kleine Schweiz. Nein. Ich kann zwar nicht Weltpräsident sein. Aber ich kann von dieser Sonderschutzinsel in Europa Einfluss auf alles nehmen, was sich auf dieser Welt abspielt.» Er trank das Glas in einem Zug leer. «Wir werden Geschichte schreiben. Weil wir sie mitgestalten, weil wir sie nicht so akzeptieren, wie sie uns heute

aufgetischt wird. Hier und jetzt, an diesem Strand, auf dieser Insel mitten im Pazifik, in ... Serge, wo sind wir schon wieder?»
«Auf Jamaika, Sir, der Karibik.»
«Aloha», schloss Tell ab.

Solar Impulse, hoch über dem Pazifik

«Das ist jetzt aber Hawaii?»
«Ja, Sir, alle davon. Das da ist Oahu, die Hauptinsel, mit Honolulu, der Hauptstadt. Dort sehen Sie Maui, das Surferparadies.»
Tell hob die Augenbrauen. Und bevor Serge weiterfahren konnte, sprang er aus seinem Sitz und eilte durch das Flugzeug zum Cockpit. Er klopfte und blickte dabei in eine kleine Kamera oberhalb der Tür. Dann entriegelte sich die Tür, und Tell öffnete sie mit dem Drehknopf.
«Pilot!» Tell trat ins Cockpit zwischen die beiden Männer. «Wie heissen Sie?»
Der Mann zu seiner Linken nahm die Hörer vom Kopf und drehte sich um. «Sir, meine Name ist Jean-Luc, Hans-Jürg, meine ich.»
Tell klopfte ihm auf die Schulter. «Hans, nehmen Sie Kurs auf Maui.»
«Sir?»
«Sie haben mich richtig verstanden. Runter mit dem Ding.»
Jean-Luc blickte kurz zum Co-Piloten, der bloss mit den Achseln zuckte. «Natürlich, Mister Präsident. Sofort.»
Das Fluggerät setzte schon bald zum Sinkflug an.
Tell kam wieder zu Serge. «Surfen Sie?»
Serge lächelte. «Sie meinen im Internet?»
Tell lachte. «Auf einem Brett, einem Surfboard!», rief er.
«Nein, Sir, das habe ich noch nie ausprobiert.»
«Gut. Dann wird Ihnen unser kurzer Zwischenstopp auf Maui sicher gefallen.»
«Sir, aber unser Terminkalender. Der japan…» Weiter kam er nicht. Tell hatte mahnend seinen Finger erhoben.
«Ich war in meiner Jugend jeden Sommer im Norden Frank-

reichs und konnte ein paar Mal auf den Atlantikwellen reiten. Warum nicht auf Hawaii. Warum nicht auch als Präsident. Stellen Sie sich die Schlagzeilen in der Schweiz vor. Die würden staunen. Was kann Ihr Präsident sonst noch alles?»

Keine dreissig Minuten später landete der Solarsegler auf Maui. Es war Mittag, die Sonne stand hoch am wolkenlosen Himmel und brannte heiss auf die Inseln herab.

Tell stieg aus und sog die salzige Meeresluft ein. «Fantastisch.»

Die meisten seiner Begleiter waren über den ungeplanten Zwischenstopp nicht unglücklich. Sie stiegen aus, streckten und reckten sich und lockerten ihre steifen Glieder, während sie ihre Gesichter in die warme Sonne hielten. Die US-Behörden waren relativ unkompliziert und liessen die Schweizer kurzerhand auf die Insel, nachdem sie sichergestellte hatten, das keiner von ihnen irgendwelche Lebensmittel, Tiere oder andere organische Materialen bei sich trug. Serge rief gleich nach drei Taxis, und schon brauste die Delegation in Richtung Strand davon. Als der Tross durch das kleinen Städtchen Lahaina fuhr, ehe es an die Strände gelangte, fiel Tells Blick auf ein Restaurant mit dem Namen *Teddys Bigger Burgers*.

«*Driver, stop!*»

Der Taxifahrer fuhr rechts ran.

«Aussteigen, wir essen. Ich hoffe, es sind keine Veganer unter uns.»

Auch das gefiel den meisten, da sie vom trockenen Essen im Flugzeug die Nase gestrichen voll hatten. Die meisten assen einen Hamburger mit Pommes und tranken dazu eine grosse Cola. Tell hatte sich gleich drei Burger bestellt und schob sie sich gierig in den Mund. Dazu trank er Bier. Zu guter Letzt folgte ein grosses Stück New Yorker Käsekuchen. Niemand in diesem gut besuchten Restaurant schien ihn zu erkennen.

«Ich liebe dieses exotische Essen hier.»

Gestärkt und satt fuhren sie weiter an den Strand. Die Gruppe machte es sich auf dem weissen Sand bequem und nahm mit Zuschauen vorlieb. Tell winkte einen der Surflehrer herbei und verlangte nach einem geeigneten Brett. Die Schweizer beobachteten, wie Tell immer heftiger mit dem jungen Surflehrer debattierte und wild zu gestikulieren begann. Dann, nach zehn Minuten, liess der Instruktor seinen Kopf zwischen die Schultern hängen und holte aus einem Schuppen ein äusserst kurzes Surfboard hervor. Einige Schaulustige kamen herbei. Nicht etwa, weil sie Tell erkannt hätten, sondern weil ein alter Europäer sich auf ein derart kurzes Board stellen wollte, das sonst nur von geübten Surfern verwendet wurde. Sie ahnten, dass es hier entweder etwas zu staunen oder zu lachen gab.

Immerhin liess sich Tell zu einer Trockenübung überreden, bei der er sich aufs Brett legen und in einem einzigen Zug aufstellen musste. Tell hatte diese Anfängerübung unterschätzt, ebenfalls den Füllstand seines Magens. Er legte sich stöhnend hin. Sein Kopf lief rot an. Dann holte er Schwung, schaffte es jedoch bloss bis auf die Knie, ehe er sich über das kleine Surfboard übergeben musste. Einige Surflehrer, andere Touristen und zwei Ur-Hawaiianer sahen mit Entsetzen zu. Tell erbrach sich immer weiter. Schäumendes Bier, Fleisch- und Brotstücke ergossen sich über das Brett. Als er aufzustehen versuchte, rutschte er auf dem glitschigen Brett aus und fiel der Länge nach auf den Rücken. Serge eilte herbei und half Tell angeekelt auf die Beine.

Der Surflehrer hatte inzwischen einen grossen Eimer mit kühlem Meerwasser gefüllt, blieb vor Tell stehen und leerte ihn über dessen Kopf aus. Tell schrie auf, übergab sich nochmals und eilte dann ins Meer, um sich alles vom Körper und Gesicht zu waschen. Die Ur-Hawaiianer schüttelten leicht angewidert die Köpfe und entfernten sich. Gesurft wurde nicht mehr. Immerhin waren die naturverbundenen Hawaiianer nicht so *Social-Media*-infiziert, dass jeder gleich eine Kamera dabei gehabt hätte, um die Szenerie aufzunehmen und sie ins Internet zu stellen.

Als sich die Solar Impulse wieder majestätisch in den Himmel schwang, hörte Tell das eine oder andere Gekicher aus den Reihen seiner Begleiter, liess es aber gleichgültig über sich ergehen.

Japan, irgendwo in Tokio. Dann China

Der elektrische Mietwagen fuhr stockend durch den Stadtverkehr. Stand mehr still, als dass er fuhr.

«Sir, Herr Präsident. Wir haben Nachricht aus der Hauptstadt erhalten.»

«Tokio?»

«Nein, Sir, der ehemaligen Hauptstadt, Bern.»

«Ah, so. Bern.»

«Ein Polizist, ein sogenannter Schläppi, hat uns über einen Fluchtplan instruiert. Sie wollen dort versuchen, mit einem selbstgebauten Floss über die Aare nach Biel zu gelangen.»

Tell schmunzelte. «Mit einem Floss?»

Serge nickte. «Er fragt an, ob die Armee ihm nicht Luftunterstützung geben könnte. Für den Fall, dass sie das Floss nicht schnell genug in die Aare lassen können.»

Tell überlegte kurz, sah sich die vorbeiziehenden Schriftzüge an und schüttelte schliesslich den Kopf. «Das ist Polizeiangelegenheit. Die sind selbst dafür zuständig. Die Handvoll Soldaten, wo sind die überhaupt? Ich wüsste nicht mal, wen ich dazu kontaktieren könnte. Bashi vielleicht?» Tell seufzte. «Serge. Da muss bei unserer Rückkehr wieder Klarheit geschaffen werden. Höchstwahrscheinlich muss diese Kriegstruppe wieder aufgestockt werden. Wir können uns ja nicht bis ans Ende aller Tage auf das Wohlwollen unserer Nachbarn verlassen. Es kommt vielleicht einmal so weit, dass wir präventiv einen Krieg anzetteln müssen. Vielleicht um Wasser. Die letzten vier Gletscher geben kaum noch was her. Und dann was? Frankreich? Nein, zu gross. Aber Österreich. Die hätten wir im Handumdrehen mit einer anständigen Truppe, verstehen Sie? Im Moment könnten wir nicht einmal Liechtenstein einnehmen.»

«Ich verstehe, Sir.»

«Gut. Wo sind wir hier?»
Serge erkundigte sich kurz bei ihrem Schweizer Fahrer.
«Keine Ahnung, Sir, wir haben uns wohl verfahren. Alles hier ist in japanischen Schriftzeichen beschildert. Nicht mal unser GPS kommt mit.»
«Fragen Sie mal jemanden, Serge.»
Erst nach sieben Achselzucken und *Sorry, sorry,* fanden sie in einem kioskähnlichen Geschäft, das Sushi und Pornomagazine vertrieb, eine Karte der Stadt, die mit englischen Bezeichnungen ergänzt worden war. Doch auch damit irrten sie noch drei weitere Stunden durch die Strassenschluchten, bevor sie endlich das Rathaus im Stadtteil Nishi-Shinjuku fanden.
«Man denkt an Toyota, an Mitsubishi und Samsung. Und die Regierung sitzt tatsächlich noch in einem Rathaus.»
Tell rückte sich die Krawatte zurecht, als sie das letzte Mal abbogen. Vor ihnen ragte ein hundert Meter hoher Hochhauskomplex in den wolkenverhangenen Himmel. Tell staunte nicht schlecht und beugte sich vor, um die Spitze des Gebäudes zu sehen.
«Sir, das Rathaus», sagte Serge mit ironischem Unterton.
Der Empfang war ziemlich nüchtern. Tell verbarg seine Enttäuschung. Insgeheim hatte er mit Samurai-Kämpfern und Geishas gerechnet, einem roten Teppich und zahlreichen Kostümen. Am Fuss der Treppe warteten aber bloss Ministerpräsident Watanabe, einige Diplomaten und immerhin ein Dutzend Journalisten. Watanabes Händedruck war kurz, aber kräftig. Er sparte an Worten, bat Tell lediglich, ihnen ins Innere des Gebäudes zu folgen. Dort erwartete sie ein spartanisch dekorierter Saal, der Platz für vielleicht eintausend Menschen bot.
«Mister Präsident», begann Watanabe, «darf ich Ihnen Mitsu vorstellen?» Watanabe nickte einer jungen Frau hinter einem Schreibtisch zu, die sich langsam erhob. Eine Sekretärin, hätte

Tell erst vermutet. Da Watanabe sie allerdings erwähnte, musste sie eine bedeutendere Position innehalten.

Mitsu stand steif da und lächelte sie an. Watanabe führte Tell näher zu ihr. Da fing sie völlig unerwartet in klarem Zürcher Dialekt zu sprechen an. «Sehr geehrter Präsident Tell, herzlich willkommen in Tokio. Ich hoffe, Sie hatten eine gute Reise.»

Ihre Stimme klang ein bisschen hölzern, dachte Tell, der seine Überraschung nicht verbergen konnte. Er trat noch näher an sie, streckte die Hand aus. «Guten Tag, Mitsu, Frau Mitsu.»

«Sie hat keinen Nachnamen, bloss Mitsu.»

Tell drehte sich kurz irritiert zu Watanabe um. Die junge Frau ignorierte seine westliche Geste. Tell kicherte. «Oh, entschuldigen Sie, das vergesse ich immer.» Er zog die Hand zurück und beugte sich stattdessen nach vorn. Mitsu tat es ihm gleich, ohne ihn aus den Augen zu lassen.

«Fragen Sie sie etwas.» Watanabes Stimme hatte einen heiteren Unterton.

«Frau Mitsu, wo haben Sie denn so gut Schweizerdeutsch gelernt? Haben Sie in Zürich studiert?»

Watanabe trat ein paar Schritte vorwärts und musterte Tell mit einem breiten Grinsen von der Seite.

Die junge Frau lächelte und antwortete: «Die Sprache ist mir vor einer Woche hochgeladen worden, Herr Präsident.»

Tell vernahm ein Lachen und drehte sich um.

«Entschuldigen Sie, Präsident Tell, ich …» Weiter kam er nicht. Watanabe war in heftiges Gelächter ausgebrochen und schlug sich mehrmals auf den Oberschenkel, während Tränen aus seinen Augen kullerten. Erst nach einigen Minuten fing sich Watanabe wieder und räusperte sich, ehe er fortfuhr: «Sir, Mitsu ist unser neuster Roboter. Er wurde von Toyota hergestellt und empfängt bei einigen Anlässen unsere Gäste in deren Landessprachen. Entschuldigen Sie, aber den Spass konnte ich mir nicht nehmen lassen. Obwohl ich es jetzt schon fast hundert Male erlebt habe, ist es immer noch eine Freude. Verzeihen Sie mir.»

Tell schluckte seinen Ärger hinunter. Ein bisschen lustig fand er es ja auch, aber er ärgerte sich darüber, auf so einen simplen Streich hereingefallen zu sein, während er den Roboter noch einen Moment lang inspizierte.

Tell hatte bereits befürchtet, auf dem Boden sitzen zu müssen. Doch ein massiver, runder Tisch, schwere Ledersessel und zahlreiche Bildschirme versprachen eine gemütliche Runde unter wichtigen Entscheidungsträgern.

«Watanabe, Ihr Land ist einzigartig. Ich habe schon als Jugendlicher Sony-Kopfhörer getragen, mir einen Mitsubishi frisieren lassen und praktisch alle Jackie-Chan-Filme gesehen. Ihr Land steckt, wie unseres auch, voller innovativer Überraschungen.»

Watanabes Gesicht veränderte sich kein bisschen. Bloss die Augen verengten sich ein wenig, als der japanische Ministerpräsident kurz einen seiner Berater ansah. Tell kannte die sparsame Mimik der Japaner. Er hatte davon gelesen und gehört. Auch er versuchte nun, nicht allzu viel von seinem Innenleben zu verraten. Er blickte Watanabe mit versteinerter Miene erwartend an. Watanabe, etwa eins achtzig und grösser, als Tell es erwartet hatte, holte zu einem Gegenkompliment aus.

«Präsident Tell, wir heissen Sie sehr herzlich im Land der aufgehenden Sonne willkommen. Wir bewundern Ihre Berge, Ihre Technologie und finden, dass auch Arnold Schwarzenegger ein vorzüglicher Schauspieler ist.» Der Japaner sah erst Tell an, blickte dann zu Boden und beugte seinen Kopf lächelnd etwas zu Seite.

Ehe Serge ihn zurückhalten konnte, fing Tell an, Watanabe zu korrigieren: «Herr Ministerpräsident. Sie haben hier auf dieser einsamen Insel vielleicht noch nicht Zugang zu allen Informationen erhalten. Aber Schwarzenegger ist kein Schweizer. Er stammt aus Österreich. So wie Hitler.» Tell blickte Watanabe schmunzelnd an.

«Verzeihen Sie. Mein Fehler, Präsident Tell. Wie konnte ich bloss so ignorant sein.» Dann wechselte Watanabe ein paar Worte auf Japanisch mit zwei seiner Delegierten, die Tell danach ein wenig herablassend anzusehen schienen.

Nach der gut einstündigen Unterredung erhielt Tell zu seinem Entzücken noch ein kostbares Samurai-Schwert überreicht, mit dem er zum Schrecken aller Anwesenden wild in der Luft herumfuchtelte. «Sehen Sie sich das an, Serge. Damit könnte ich glatt durch die Rüstung der Papstgarde schneiden. Nichts wäre sicher vor diesem Ding. Hätten wir solche Geräte damals gehabt, wäre Marignano ganz anders ausgegangen. Spüren Sie mal.»

Serge fuhr mit dem Finger über die Schneide und pfiff anerkennend.

Nach Japan stand noch ein Zwischenstopp in China auf dem Plan. Tell wusste nicht einmal, wen er hier treffen sollte. Umso mehr erstaunte ihn, dass scheinbar auch die Chinesen Jackie Chan als eine Art Volkshelden verehrten. Sein Antlitz war überall. In Schaufenstern, auf Bussen, auf Teetassen. Tell erklärte es sich mit einer weit vergangenen gemeinsamen Geschichte der beiden Länder.

«Ist Jackie Chan denn nicht auch Politiker?», fragte er Serge, der ihn aber nicht gehört zu haben schien.

Der Besuch im Reich der Mitte war kurz, aber eindrücklich. Peking war, wie Tokio, enorm. Die Menschenmassen waren erdrückend. Tell kam nicht umhin, die vibrierende, immer vorwärtstreibende Kraft dieser Millionenstadt zu bewundern. Sie war vor zehn Jahren zwar kräftig ins Stocken geraten, als erst der chinesische Immobilienmarkt kollabiert war und dann der Westen mit dem Wegzug der Industrien begann, um sie im kostengünstigeren Afrika anzusiedeln. Doch schien hier vor Ort nichts davon spürbar zu sein; inmitten dieses Gedränges, dieses Verkehrs und dieser ihm fast schon fremden Autoabgase. Gern hätte er sich in die Mitte der Fussgänger gestellt und sich vom Strom der Menschen einfach treiben lassen. Immer vorwärts, ins nächste Jahrtausend, die Weltwirtschaft antreibend, Arbeiter rekrutierend, Industrien entwickelnd, Nachfragen antreibend. Einfach immer vorwärts, kein Blick zur Seite und schon gar keinen nach hinten. Tell verlor sich in einem Traum eines mächtigen Imperiums, zahllose Reiche vereinend, Könige und Präsidenten vernichtend. Bloss er, mit wehendem Umhang, stählerner Rüstung und dem Helm zu seinen Füssen. Den Wind in langen, dunklen Haaren. Sein Blick eisern, wissend und führend, weit über die Ländereien hinaus in den Horizont, analysierend, planend und wieder wissend. Nichts entging dem Herrscher.

«Sir. Wir sind da, Sie können aussteigen.»

Die Schweizer Delegation erklomm die Treppen zur Solar Impulse. Tell entschuldigte sich bei den anderen und verschwand in seinem Privatabteil. Er wollte noch weiterträumen.

Bern. Das Floss. Schläppi

Da krieg ich doch ein Äckegstabi. So ein Cheiba-Mischt.» Schläppi stand mit einer Handvoll Polizisten vor dem Bundeshaus und betrachtete die Meisterleistung in Form eines neu gebauten Flosses. Scharfschützen rundherum sicherten den Platz ab. «Jetzt bräuchten wir die Armee. Wir können dieses Teil niemals ums Bundeshaus herum zur Aare tragen. Da brauchen wir fünfzig Mann. Ein wahrer Festschmaus für die Bären.»

Zwei Tschugger standen neben Schläppi und blickten zu Boden. Keiner wagte es, etwas zu sagen. Das zweite Malheur ging auf ihre Kappe. Schläppis Instruktionen waren eindeutig gewesen. Bundeshaus Rückseite. Hinten. Nicht davor.

«Du meldest es Steffi!», fuhr Schläppi einen der beiden an. «Sofort. Und entschuldige dich.»

Der Angesprochene nickte zerknirscht und eilte davon.

«Ab ins Innere. Wir brauchen einen Plan C.» Schläppi schob die anderen ins Innere des Bundeshauses und liess den Eingang wieder verriegeln. «Krisensitzung, oben. In zehn Minuten!», herrschte er die Polizisten an.

Die Stimmung war gereizt. Viele der anwesenden Frauen und Männer, Politessen und Polizisten, hatten seit Wochen bloss noch Dosenfutter gegessen und Hahnenwasser getrunken. Privatsphäre war angesichts der Flüchtlinge aus den umgebenden Quartieren fehl am Platz. Zwei Tage zuvor war ein Polizist beim Versuch, der Festung, der Bern jetzt ähnelte, zu entkommen, ums Leben gekommen. Er hatte sich mit einem Klettergurt an einer Drohne befestigt und versucht, sich selbst aus der Stadt zu fliegen. Allerdings war er auf etwa einhundert Metern Höhe mit einem Kranich zusammengestossen. Letzterer hatte die Kollision unbeschadet überlebt. Der Wachmann auch, bloss nicht die Drohne, deren vier Rotoren der Reihe nach ausgefallen waren. Unter den entsetzten Blicken seiner Kollegen war der Waghalsige mit seinem Fluggerät direkt in der Nähe des Bärengrabens zu Boden gestürzt. Falls er den Aufprall überlebt haben sollte, so hätten ihm die Bären in Sekunden den Rest gegeben.

Schläppi betrat den Raum. «Eine Gedenkminute für Sonderegger, den waghalsigen Pionier.»

Alle schwiegen, falteten die Hände zusammen und blickten zu Boden.

«Sehr geehrte Kollegen, sehr geehrte Kolleginnen. Die Situation ist prekär. Unsere Vorräte neigen sich dem Ende zu. Wir haben noch für etwa zwei Wochen zu essen. Aus Sitten gibt es keine Neuigkeiten. Die Armee sei nicht bereit. Unsere Spezialeinheit ist im Ausland. Und Tell tourt über den halben Globus. Ihm scheint unsere Lage keine schlaflosen Nächte zu bereiten.»

Ein Raunen ging durch die Runde.

«Ja, ich weiss. Wir haben sieben Bundesräte, die in Sitten Wein kosten und nicht wissen, wozu sie noch gut sind. Jetzt müssen wir unser Schicksal also allein in die Hand nehmen. Markus, wärst du so gut?»

Ein junger Polizist, ein Schild an seiner Brust trug den Namen «Markus», stand auf und räusperte sich. «Liebes Polizeiteam. Nach heftigen Diskussionen und Argumentationen, einer Schlägerei und drei Raumverweisungen konnten wir, also ich, Schläppi, Möla und drei weitere, uns endlich auf einen neuen Plan einigen. Und seitdem auch der Plan mit dem Floss ins Wasser gefallen ist – nein, ist es ja nicht, das wäre ja der Idealfall gewesen.» Der Polizist wartete einen Moment ab, um zu sehen, ob alle sein Wortspiel verstanden hatten. Versteinerte Mienen brachten ihn aber sofort wieder dazu, fortzufahren. «Wie Sie vielleicht wissen, haben wir mit diesen Bären hier ein wortwörtliches Einwanderungsproblem. Sie stammen entweder aus dem Graubünden oder aus Italien. Einige sind vielleicht aus dem Kanton Uri. Und wie ich am Gebrüll zu vernehmen wage, stammen einige sogar aus diesem Jugoslawien, Slowenien, meine ich. Es kann ja nicht sein, dass wir diesen ungehobelten Monstern unsere schöne Stadt überlassen. Nein, Einwanderungsprobleme migrationsrenitenter Eindringlinge löst man mit dem Naheliegendsten; der sofortigen Ausschaffung. Ohne Papierkram.»

Kopfnicken und Gemurmel breitete sich aus. Einzig Josip hob die Hand. «Ich komme aus Kroatien. Dort brüllen die Bären aber ziemlich genau gleich wie hier.»

Markus lächelte. «Ich habe dies so oder so ähnlich bei *Galileo* gesehen. Die kennen sich ja doch noch aus, da im Fernsehen. Also, mein Plan. Unser Plan. Gleichzeitig, und das ist der Coup daran, schaffen wir unsere eigenen Bären auch gleich aus. Zusammen mit den fremden. Niemand wird es merken. Keinen wird es stören.»

Einige Zuhörer klatschten bereits vorsichtig in die Hände.

«Wie soll das gehen?», so die Frage einer älteren Polizeibeamtin. Sogleich wurde es still im Raum und alle starrten Markus an.

«Wir … ehm»,stammelte er, «wir haben mit einem Bärenspezialisten getwörkt. Also, eine Videokonferenz abgehalten. Nach ausführlichen Beratungen haben wir nun den Plan gefasst, die Bären mit Ködern aus Bern in den Kanton Graubünden zu locken.»

«Ködern?», hakte die Frau nach.

«Ja, Ködern. Ein Trupp aus acht Mann – oder Frauen – wird in Schafsfellen verkleidet die Bestien aus der Hauptstadt locken, sie entlang des Thuner- und später Brienzersees über den Sustenpass erst einmal in den Kanton Uri führen. Von da aus ist es bloss noch ein Katzensprung ins Bündnerland.»

Erste Zweifler meldeten sich zu Wort. Andere kratzten sich am Kinn. Die Euphorie war schon mal vorüber.

Markus fuhr dennoch fort: «Da die Bündner davon nichts erfahren dürfen, handelt es sich beim letzten Abschnitt der Operation um eine Nacht- und Nebelaktion. Hierfür verwenden wir Drohnen. Diese befördern Schafsköder weit in das Bündnerland hinein und locken die Bären weit von der Kantonsgrenze weg. Drei Beamte der Geheimpolizei Uri werden etwa zwei Tonnen Bündner Fleisch tief im Hinterland dieser Zweisprachigen verstecken.»

Seufzer waren zu vernehmen. Markus musste sich in der Folge einiges anhören. Die Reaktionen auf seinen Plan waren alles andere als begeisternd. Als sich immer mehr Anwesende über den Plan zu beklagen begannen, rauschte Schläppi aus dem Sitz und hämmerte wuchtig auf den Tisch.

«Jetzt reicht es. Wenn jemand eine bessere Idee hat, soll er sie hier und jetzt vortragen. Ansonsten haltet die Klappe. Der Plan ist durchdacht. Er ist intelligent, und er wird funktionieren. Wir brauchen acht Freiwillige.»

Solar Impulse, drei Stunden vor Moskau

Präsident Tell, die Leitung steht. Der Bundesrat erwartet Sie.»
«Danke, Serge.» Tell blickte aus dem Fenster auf russisches Territorium. Nach seinen Tagträumen fühlte er sich noch etwas machttrunken. Und in Russland dürfte er weiteren Treibstoff für seine Gefühle erhalten. «Ich komme gleich nach vorn, Serge.»

Das Zarenland war Tell zwar immer ein Rätsel gewesen. Dennoch hatte es immer eine mystische Faszination auf ihn ausgeübt, oder vielleicht war es auch Bewunderung gewesen. Bewunderung für die Rücksichtslosigkeit im Bestreben der eigenen Interessen. Bewunderung für die Gleichgültigkeit internationaler Spielregeln, dem Entgegensetzen westlicher Normen und Werte durch etwas antiquierte Machonormen. Das Land hatte in den letzten beiden Jahrzehnten aber grossen Schaden genommen. Der Ölpreis lag bei durchschnittlichen zwanzig Dollar pro Fass. Unzählige Firmen waren Pleite gegangen, die intellektuelle Elite war emigriert, die ausländischen Investoren waren abgezogen. Lediglich die neu erschaffene Autoindustrie, die sich wie der Phönix aus der Asche des eingerosteten Lada-Unternehmens erhoben hatte, bildete ein Gegengewicht zum Wirtschaftsschwund. Mit der erstarkenden Autoindustrie hatte sich Russland einerseits von den Importen aus Deutschland unabhängiger zu bewegen gelernt, andererseits mit dem neuen Freihandelsabkommen mit den USA ein äusserst lukratives Geschäftsfeld eröffnet. Der Handel mit den Amerikanern florierte regelrecht. Die Kreuzungen aus SUV, Sportwagen und Panzerfahrzeugen fanden in den Staaten fanatische Abnehmer und reissenden Absatz. Die neuen Wagen hörten auf das Kürzel FML, was für *From Moscow with Love* stand. Die Europäer, allen voran Italiener und Franzosen, hatten die Kriegsrennwagen auf den heimischen Strassen untersagt. Begründung: Sie seien unästhetisch. Im Gegenzug war den Amerikanern die Errichtung zweier Disneyparks erlaubt worden, einer in der Nähe Moskaus, einer im fernen Sibirien. Russland hatte in den letzten Jahren mit nahezu allen Staaten der Welt Freihandelsabkommen geschlossen. Bloss kaum mit einem europäischen. Deren Bürokratenhorde, dachte Tell, pochte noch immer auf ihren Sanktionen und konnte sich auch nach der bald tausendsten Sitzung nicht darauf einigen, etwas am Status quo zu ändern. Dabei war die Ukraine-Krise Schnee von gestern. Der Konflikt war vorbei.

«Sir?»

Tell schüttelte seine Gedanken ab und stand auf. «Ich komme ja.»

Der grosse Bildschirm prangte direkt neben der Cockpittür. Darin sieben Gesichter, die Tell freundlich begrüssten, als er näherkam.

«Sehr geehrter Bundesrat, vielen Dank, dass Sie sich die Zeit nehmen. Ich bin lange unterwegs, habe viel um die Ohren, wie Sie sicher auch.»

Winteruga und Grübel räusperten sich. Tell setzte sich, und Serge nahm gleich neben ihm Platz.

«Was kann ich für Sie tun?»

Justizministerin Hügeli ergriff das Wort: «Herr Präsident, die Situation ist prekär. Dramatisch, würde ich sagen. Oder umgekehrt. Uns fällt bald das Dach auf den Kopf. Die Flüchtlinge aus Italien sitzen in den zurzeit völlig überfüllten Auffanglagern in Chiasso. Sie kommen alle zu Fuss. Über die Autobahn. Tausend pro Woche. Aus allen Richtungen strömen sie daher. Afrika, Asien, dem Nahen Osten, Griechenland, Zypern. Und alle anderen Passagen sind mit Zäunen abgeriegelt.»

«Was, wen wir sie mit dem Zug direkt nach Deutschland schaffen?»

Hügeli zuckte mit den Schultern. «Da wäre das Abkommen. Das können wir nicht einfach ignorieren. Merkel setzt auf uns, auf Sie.»

Tell überlegte sich, was wohl der russische Präsident sagen würde. «Genau so machen wir es aber. Punkt, aus. Geben Sie jedem einhundert Franken für neue Kleidung und ein Zugbillet, erste Klasse. So fallen sie dem Grenzschutz weniger auf.»

Hügeli entspannte sich sichtlich und lehnte sich in ihrem Sessel zurück. Als nächster räusperte sich Aussenminister Sutter.

«Herr Präsident. Als Aussenminister müsste ich doch jetzt an Ihrer Seite sein und Sie begleiten, beraten und mitreden.»

Tell blickte ihn forschend an. «Nächster.»

Sutter setzte noch zu einem «Aber ...!» an, wurde dann aber von Grübel am Ellbogen zurückgehalten und schüttelte bloss irritiert den Kopf.

«Verkehrsminister Stäubli, darf ich bitten?»

Stäubli schob ruckartig seinen Stuhl zurück und richtete sich kerzengerade auf. «Jawohl, Sir, Herr Präsident. Ganz zu Ihren Diensten.» Er hackte die Worte in Stücke, als er sprach: «Sir. Wir haben. Einsprache. Erhalten von Sawiris. Wegen der dritten. Gotthardröhre. Ihm gefalle. Zwar die Idee. Aber nicht. Dass die neue. Röhre. Direkt. Bis nach. Erstfeld führt. Direkt unter. Andermatt. Hindurch. Sir.»

Tell blickte Serge an. Dieser kramte einige Unterlagen hervor, studierte sie und nickte. «Ja, Sir. Der Bundesrat hat damals die dritte Röhre in Auftrag gegeben, damit bei einer Sanierung der zweiten Röhre der äusserst flüssige Verkehr aufrecht erhalten werden kann.»

«Gut. Ich sehe mir die Sache an. Danke.»

Stäubli bedankte sich artig und setzte sich wieder hin. Die Sitzung raubte Tell viel Kraft. Seine Kehle war trocken, und er rief nach einem Glas Rotwein. Es folgte Verteidigungsminister Bashi.

«Herr Präsident. Vielen Dank für ihre Zeit.»
Tell nickte gelangweilt.
«Die Lage in Bern ist äusserst heikel. Hat sich noch zugespitzt. Die Vorräte neigen sich dem Ende zu. Eine Handvoll Polizisten will als Schafe verkleidet versuchen, die Bären aus der Stadt und dann aus dem Kanton zu locken.»
«Wohin?»
«Ehm … über Uri ins Bündnerland. Dorthin, wo sie herkommen. Was können wir für die Berner …»
Tell unterbrach ihn. «Sind Sie eigentlich Moslem?»
Bashi schüttelte den Kopf und erwiderte: «Sir, ich bin wie viele in diesem Land Atheist. Die Demokratie ist meine Religion. Für anderes hätte ich sowieso keine Zeit, Sir.»
Tell nickte zufrieden. «Sehr schön. Wer ist als nächstes dran?»
Bashi sah enttäuscht in die Kamera und liess sich resigniert auf seinen Sessel fallen. Schliesslich stemmte sich Finanzminister Grübel auf die Füsse und hustete, so dass die Lautsprecher des Flugzeuges leicht überschlugen. Serge zuckte zusammen.
«Grübel, was gibt's von der Front?»
Der grosse Mann mit der tiefen Stimme sprach nicht oft. Doch wenn er etwas durch die Räume raunte, hörten alle zu. «Sir, ich habe Zürich, oder besser gesagt, deren Verwalterin, die UBS, zu einem Treffen bewegen können. Es findet in zwei Wochen in Zürich statt.» Grübel hielt kurz inne und genoss das Kopfnicken der anderen Bundesräte.
«Was versprechen Sie sich, ich meine, wir uns von diesem Treffen?» Tell rutschte nervös auf seinem Sessel hin und her.
«Sir. Ich möchte sicherstellen, dass die Banken wieder Kapital ins Land werfen. Oder besser gesagt, Ihnen. Ihre Projekte sind ambitiös. Doch mit den nötigen Mitteln durchaus machbar. Der Kanton dürfte auch wieder Steuern zahlen, was sie in den letzten Jahren kläglich vernachlässigt hatten.»
Tell wurde warm ums Herz. Er mochte Grübel. Der Finanz-

minister war der Mann der Stunde. Auf ihn war Verlass. Den dürfte er keinesfalls verlieren. «Vielen Dank, Grübel, das hört sich vielversprechend an», sagte er lobend, ohne aber überschwänglich zu klingen.

«Das zweite Anliegen ist etwas komplizierter, doch wir arbeiten daran, das unsere Börse wieder neue Firmen kotieren wird, nachdem viele beim Dow Jones ein neues Zuhause gefunden haben, Sir. Das geht mit einfacheren Spielregeln und ein bisschen Kontrollabgabe. Man könnte sogar einen Kontrollverlust in Betracht ziehen. Der Dow Jones funktioniert ähnlich.»

Tell zuckte mit den Schultern. Er wusste nichts davon. «Sagen Sie Herrn Jones, er könne sich auf etwas gefasst machen, sobald wir hier loslegen.»

Grübel setzte sich hin und schwieg.

«Gut so. Solche Neuigkeiten kann ich vertragen. Winteruga, darf ich bitten?»

Die Innenministerin stand langsam auf. «Sir, Herr Präsident. Danke für Ihre Zeit. Ich habe mich mit Bashi bezüglich Bern zusammengeschlossen. Ich treibe zurzeit eine koordinierte Zusammenarbeit sämtlicher Kantone, ausser Genf, und sämtlicher Berner Gemeinden an. Wir versuchen einen Notfallplan, der schliesslich auch den Rest der weltbesten Armee und grosse Teile des Zivilschutzes miteinbeziehen würde, auf die Beine zu stellen. Wir sind in der Abschlussphase und hoffen, noch in der kommenden Woche konkrete Schritte einleiten zu können.»

Tell nickte skeptisch. «Und was sagen Sie zu diesem hanebüchenen Vorhaben? Diese Leute in Schafskostümen?»

«Nun, Sir, wir haben das Verfahren mit mehreren Bärenexperten besprochen. Sie äusserten sich ausnahmslos gegen das Vorhaben. Ganz einfach weil es wilde Bären sind und nicht eine Herde von Ziegen. Doch sie meinen, dass die Gefahr durch die Bären überschaubar ist, wenn die acht sich nur schnell genug vorwärts bewegen.» Winteruga setzte sich und legte ihr Gesicht in die Hände. Sie schien zu schluchzen.

Schliesslich stand noch Wirtschaftsministerin Perrini auf und begrüsste Tell freundlich. «Sir. Wir können unsere Wirtschaftsleistung dank der neuen Abkommen mit dem Iran und Nordkorea wohl kräftig nach oben schrauben. Sowohl die Pharma- als auch die Uhren- und Waffenindustrie haben bereits lukrative Verträge mit den beiden Ländern getroffen, Sir.»

«Ach was», kam es lapidar aus Tell. «Setzen Sie sich Perrini», sagte er, ohne sie anzusehen. «Serge?»

Serge mal wieder, dachte sich dieser und verdrehte die Augen. «Sir, Herr Präsident. Kim Jong-un hat vor drei Monaten in einem Statement die Öffnung der nordkoreanischen Grenzen bekanntgegeben. Richtung Südkorea erst einmal. Dazu hat er eine Reihe von Regelungen erlassen, die die Westernisierung des Landes vorsehen. Gleich zu Beginn wurden Starbucks, New McD –das ist der Bioableger von McDonalds – und auch Coca Cola und Red Bull beauftragt, ein Netz an Firmen zu errichten, die Fernsehwerbung zu gestalten und dem Land endlich Zugang zu den grössten Schätzen des Westens zu gewährleisten.»

«Das gibt's doch nicht», meinte Tell fassungslos. «Wie ist es denn so weit gekommen?»

«Sir, Sie waren mitten im Wahlkampf.»

«Ja, natürlich. Da hatte ich Wichtigeres zu tun. Was ist mit dem Iran?»

Serge nahm sein Tablet hervor und wechselte über einige Seiten. «Hier, Sir. Der Iran hat unter dem neuen Präsidenten Hosseini eine Hundertachtzig-Grad-Wendung vollzogen. Das Nuklearprogramm, einst für die Herstellung von Atomwaffen vorgesehen, leistet nun einen enormen Beitrag zur Klimaentgiftung in der Region. Das CO_2 aus der Luft wird in die Anlagen gesogen und im Kern zersetzt. Mit der freiwerdenden Energie werden Entsalzungsanlagen betrieben, die aus Meerwasser trinkbare Flüssigkeit herstellen. Das allein hat gereicht, um den Iran zum grössten wirtschaftlichen Player in der Region zu machen. Ausserdem haben sich Schiiten und Sunniten in den benachbarten Ländern vorerst auf einen Friedensvertrag einigen können, da sie die Christen wieder als gemeinsamen Feind erkoren haben und sich vermehrt mit diesem beschäftigen möchten.»

«Ja, davon habe ich gehört», log Tell. Sehr schön, dachte er sich. Während die halbe Welt zu einer neuen Ordnung findet, darf ich mir wohl etwas mehr Spielraum im Streben nach der perfekten Schweiz erlauben. «Liebe Kollegen, liebe Kolleginnen. Ich danke Ihnen für Ihre Informationen und Fortschritte. Es ist schön, mit Menschen zu arbeiten, denen man vertrauen kann.»

Gemurmeltes «Danke, Herr Präsident» war zu vernehmen. Mit einer Handbewegung, die aussah, als hacke er eine Tomate in zwei Hälften, forderte er Serge auf, die Verbindung zu kappen.

Serge ergriff eine kleine Fernbedienung und schaltete aus.

Russland

Tell, Serge und die restliche Schweizer Delegation standen vor einer Tribüne im Zentrum Moskaus auf einem breiten, roten Samtteppich. Tell schätzte die Zahl der Soldaten vor ihm auf zehntausend. Ein Sicherheitsmann der Russen wies den Schweizern den Weg zu ihren Sitzplätzen in der vordersten Reihe. Die Tribüne stand am Rande des roten Platzes, direkt gegenüber vom Nobelgeschäft Cartier. Hunderte geladener Gäste strömten auf die Tribüne zu und nahmen Platz. Tell staunte, mit welcher Gelassenheit es hier zu und her ging. Nirgends wurde gedrängelt oder gestossen. Auch er und die anderen nahmen nun Platz und begutachteten den geschichtsträchtigen Platz. Mit einem Dröhnen zogen bereits die ersten Motorradfahrer vorbei, gefolgt von Geländewagen, Lastwagen und schliesslich Panzern, die die Tribüne derart vibrieren liessen, dass manche Gäste fast von den Stühlen rutschten. Dann folgten Gefechtsfahrzeuge und Raketenträger, die beeindruckend gross über den Platz zogen. In stampfendem Gleichschritt marschierten zuletzt noch einige Tausend Soldaten an der Tribüne vorbei, den Blick eisern geradeaus.

«Wo um alles in der Welt ist Putin?» Tell hatte sich leicht zu Serge gewandt.

«Sir, er warte mit einer Überraschung auf, hiess es. Mehr weiss ich nicht. Aber sehen Sie da drüben, rechts, neben den Generälen. Erkennen Sie die drei Männer, Sir?»

Tell kniff die Augen zusammen und suchte die Zuschauerreihe ab.

«Berlusconi, Blatter, Depardieu. Alle verstecken sich hinter dunklen Brillengläsern.»

Tell kratzte sich am Kinn, nachdem er sich entschlossen hatte, nicht darüber zu lachen. Dann donnerten plötzlich mehrere Kampfjets über ihre Köpfe hinweg. Die Schweizer wie auch alle anderen duckten sich erschrocken weg, als die autonomen Kampfflieger achtzig Meter über ihnen die Luft zerrissen. Tell war beeindruckt. So eine Show könnte er sich ebenso gut in Sitten vorstellen. Er hätte von seinem Palast aus die Möglichkeit, die Flieger gar von oben herab zu beobachten.

«Sir, Sie ...», stammelte Serge, der sich nur schwer vom Schock der Flieger zu erholen schien, «... Sie haben doch bestimmt von den Gerüchten über Putin gelesen oder gehört?»

Tell seufzte zwischen gepressten Lippen hindurch. «Was? Dass ein Cyborg das Land regiert? Ein halber Roboter? Hören Sie auf, Serge. Das ist peinlich. Reiner Humbug. Der Mann ist bloss zäh und fit. Er macht jeden Tag Sport und hat einen eisernen Willen. Yoga. Dann altert man halt weniger schnell. Das versuche ich auch immer wieder. Und sagen Sie das hier nicht zu laut. Die haben Ohren an Stellen, da würden wir nicht einmal nach Dreck suchen.» Tell wandte sich wieder dem Geschehen zu. Eine Hubschrauberstaffel holte den Anwesenden Hüte, Mützen und Perücken von den Köpfen. Tells Gedanken drehten sich dabei aber um Mitsu, den Empfangsroboter der japanischen Regierung.

Ein russischer Offizier trat hinter ihn und rief in grobem Deutsch: «Präsident Tell? Präsident Putin. Gleich. Da. Oben.» Der Offizier hob seine behandschuhte Hand und zeigte mit einem Finger in den Himmel, an dem erste Wolken aufzogen.

Bloss als kleine Punkte zu erkennen, zogen drei grosse Bomber durch das restliche Blau. Nach einem Schwenk entsprangen Dutzende kleiner Punkte den Fliegern und schwebten dem Boden entgegen. Nach einiger Zeit entpuppten sich die Punkte als Menschen, Fallschirmspringer, die auf die Erde zurasten. Sie wurden erschreckend schnell grösser, und dem Publikum entwichen bereits die ersten besorgten Ausrufe. Als sich kollektives Raunen breitmachte, zogen die Männer ihre Schirme, die sich bei der Geschwindigkeit wuchtig öffneten und eine weisse Fläche entblössten.

«Der da, mit dem roten Schirm, Sir.»

Ein Schirm war komplett rot. Es war Putin. Der Offizier war bereits wieder verschwunden. Die Zuschauer blickten bewundernd dem Staatsoberhaupt zu, wie es filigran durch die Luft schnitt und gleichzeitig einige haarsträubende Manöver vollführte, bevor es zur Landung ansetzte und bereits nach sieben Schritten zum Stillstand kam. Präzise vor der Tribüne, ziemlich genau vor Tell. Putin entledigte sich seines Schirmes, zog eine alte Fliegerhaube vom Kopf und blickte Tell mit stahlblauen Augen an. Sein Blick schien sich direkt durch Tells Augen bis in die hintersten Windungen seines Kopfes zu bohren, um dort sämtliche Systemschwächen auszumachen. Tell hatte reichlich Mühe, dem standzuhalten, stand auf und nickte Putin zu. Dieser kam mit kräftigem Schritt auf den Schweizer zu, reichte ihm die Hand und drückte entschlossen zu. Tell verzog keine Miene, war aber überrascht ob der Kraft. Und der Kälte. So als wäre ihm beim Fliegen das Blut aus den Gliedern gewichen.

«Präsident Tell, ich heisse Sie herzlich in meinem Reich willkommen. Ich hoffe, Ihr Tag und Ihre Nacht werden angenehm.»

Tell räusperte sich kurz und meinte: «Vielen Dank, Präsident Putin. Es ist mir eine Ehre. Die Parade war eindrücklich. Und Ihr Flug, der war, wie soll ich sagen ... bemerkenswert.» Tell suchte förmlich in den Augen des Mannes. Er suchte nach Anzeichen von Gefühlen, von Regungen, Ängsten oder Freude. Das schelmische, fast gespielte Lächeln des Russen passte nicht ganz zu seinem Blick. Die Märchengeschichten rund um Putin hatte Tell immer für unsinnig gehalten. Dennoch kam er nicht drum herum, sich zu wundern, wie es dieser Einundsiebzigjährige schaffte, auszusehen wie fünfzig, einen derartigen

Fallschirmsprung zu absolvieren und dabei nicht ausser Atem zu kommen.

Als hätte Putin Tells Gedanken erahnt, sagte er: «Ich trinke nicht. Ich rauche nicht. Yoga jeden Morgen, dann Judo, Calisthenics und reichlich Meditation. Gesundes russisches Essen. Und zu guter Letzt sehe ich mich im Spiegel an und sauge alle Kraft auf, die ich aus meinem eigenen Blick herausholen kann.»

Tell war irritiert und fühlte sich bei seinen Gedanken ertappt. Er musste sich etwas zur Seite drehen und tat so, als würde er die restlichen Fallschirmspringer beobachten, während er insbesondere über Putins letzten Satz nachdenken musste. Putin verabschiedete sich in martialischem Ton und marschierte, gefolgt von einem Dutzend Soldaten, davon.

«Ihr Anwesen ist umwerfend, Präsident Putin. Genau mein Stil.» Tell blickte sich in einigen Räumen um, in die ihm Einlass gewährt worden war.

Putin begleitete ihn mit hinter dem Rücken verschränkten Armen. «Bitte nennen Sie mich Vladi, George, ganz entspannt.» Putin grinste kurz bis über beide Ohren, wurde aber gleich wieder ernst. «All das, George, bedeutet mir nichts. Es ist so vergänglich, trotz der Materialien irgendwie unfassbar. Als könnte es einem jeden Moment zwischen den Fingern hindurch entgleiten. Beim KGB habe ich gelernt, auf Sentimentalitäten zu verzichten. Doch worauf sie mich nicht vorbereiten konnten, war das Gefühl, das ich für dieses Land empfinde. Für die Geschichte, die Macht. Als wäre es mein Kind. Ein Waisenkind, das von Hand zu Hand gereicht wurde, ohne dass es jemand in seinem Wesen verstanden hätte. Bis es an mich gelangte. Ich bin Russlands wirklicher Vater.»

«Ich empfinde sicherlich bald ähnliches für die Schweiz», antwortete Tell, als sie Serge und das Schweizer Team am anderen Ende des Raumes erspähten.

Putin führte Tell am Ellbogen durch den Raum und durch eine grosse Tür zu einem prunkvollen Saal, in dessen Mitte ein grosser Tisch stand, gedeckt mit Gebäck, Kaffee, Wasser und Tee. «Nur zu.» Putin wies auf den Tisch.

Tell zögerte nicht lange, füllte sich eine der zerbrechlichen, feinen Tassen mit Kaffee und ergriff zwei Biskuits. Putin füllte sich vorsichtig eine Tasse mit heissem Tee, bevor sie sich auf zwei samtbezogene Sessel setzten.

«George», Putin hatte den Tee bereits getrunken, «die Welt um uns, das müssen Sie zugeben, ist aus den Fugen geraten. Wie Sie wissen, steckt uns der Ukrainekonflikt noch in den Knochen. Die Sanktionen. Die Erniedrigung.»

Tell nickte bloss und nippte an seinem Kaffee. «Ich muss gestehen», Tell räusperte sich, «Vladi, ich habe von dieser Sache kaum etwas mitgekriegt. Ich war zu sehr mit mir selbst beschäftigt. Da war bloss dieses eine Mal in Genf, eine Verhandlung oder so. Ein Schweizer hat zwischen Ihnen vermittelt.»

Putin schmunzelte: «In der Tat. Das Schweizer Engagement zur Annäherung wog schwer.» Putins Brauen zogen sich zusammen und sein Kiefer schien zu malen. «Diese Europäer. Bis heute begreifen sie nichts. Stellen Sie sich vor, der kümmerliche Rest der EU verhandelt immer noch wegen der Sanktionen gegen mein Land. Alle anderen waren klüger und haben nach ihrem Ausscheiden aus der EU Verträge mit mir ausgehandelt. Grossbritannien erst, dann folgten die Griechen, Portugal und Spanien, Skandinavien und alle anderen. Meine grösste Errungenschaft war das Abkommen mit den USA. Ich mag ihn, diesen Burahti. Wir spielen hin und wieder Golf zusammen oder schiessen auf Tontauben oder Kriminelle.» Putin lächelte.

Tell hätte es fast als Zufriedenheit interpretiert. «Es hat sich tatsächlich einiges verändert in Ihrem Land. Da kommt mir grad ihre Fastfood-Kette Petersburger in den Sinn. Die sind fantastisch. Ich habe in der ersten Schweizer Filiale einmal

Ihren Russischen Salat mit einer Schale voll Kaviar und einem kleinen Becher eiskaltem Wodka probiert.»

Putin nickte dankend. «Wir wollten eine Gegenkraft zum bisherigen westlichen Essensstil bieten. Nicht einfach, indem wir alles verbieten, was von den Amerikanern kommt, sondern indem wir etwas Eigenes auf die Beine stellen. Wir wollen der Welt zeigen, was es heisst, Russe zu sein. Mit innovativem Aktivismus, einer ganz neuen Gangart. Petersburger ist bloss der Vorgeschmack. Wir wollen den Westen mit unserer Literatur, unserer Kunst und auch unserer Musik erobern. Fragen Sie sich nicht manchmal, was im Westen alles schiefgelaufen ist?»

Tell zuckte mit den Schultern und überlegte. Putin erwartete jedoch keine Antwort.

«Die Sechziger. Der Ruf nach Freiheit, aller konventionellen Normen entledigt, Liebe und Leben, lieben und leben lassen. Die Utopie einer harmonischen und friedlichen Welt. Bereits als es mit den Drogen losging, hätte man erahnen können, wohin die Reise führt. Die Menschheit hatte immer stärker die Auswüchse einer unkontrollierten, freien Gesellschaft zu verkraften. Drogen, Sex, Gewalt. Abgelöst wurde das Ganze vom monströsen Kapitalismus unter dem Deckmantel des Fortschritts, der genauso viele Verlierer wie Gewinner hervorgebracht hat. Auch bei Ihnen, Tell, kann die Gesellschaft nur in Zeiten des Wohlstands gezähmt werden. Aber die sind vorbei. Wenn es bergab geht, staunen Sie darüber, was für Auswüchse der Intoleranz und des Hasses aus den ehemals friedvollen Gesellschaften entspringen können. Das Resultat sehen Sie heute. Wir in Russland kennen uns damit bestens aus. Es ist uns nie anders ergangen. Sie hingegen sind überrascht und wissen nicht, wie Sie reagieren müssen.» Putin füllte seine Tasse am Tisch auf, schlürfte den Tee und setzte sich wieder. «Sehen Sie sich Europa einmal an. Jede Hauptstadt gleicht der anderen. Die gleichen Kathedralen und Kirchen überall, dieselben Imbissketten und die gleichen Kinofilme. Die gleichen Geschäfte, die gleichen Kaffeeketten. Und überall Englisch. Keiner sagt mehr ‹Zürich›, alle reden von ‹Zurich›. *The hip one*», meinte er mit gespieltem englischem Dialekt. «Die gleichen Drogen, die gleichen Kriminellen und dieselben Verbrechen. Europa hat sich bis in den Kern globalisiert. Identität? Was ist das für Sie? Big Mac?» Putin schlug sich auf den Oberschenkel und lächelte kurz, ohne zu lachen. «Euer Bärengraben ist doch was. Denn findet man in keinem anderen Land. Und ausser Disney besitzt sonst auch niemand ein Matterhorn. Toblerone natürlich. Die kennen wir hier auch.»

Tell schwieg die meiste Zeit, nickte bloss nachdenklich und fragte sich, was mit der Schweiz seiner Kindheit eigentlich geschehen war.

Beide tranken aus ihren Tassen und genossen die Ruhe in diesem goldüberladenen Raum. Tell bevorzugte modernere Einrichtungen. Dann blickte er verstohlen auf die Uhr. Ihm war angesichts der langen Reise und der vielen Jetlags jegliches Zeitgefühl abhanden gekommen. Es war kurz nach Mittag, Moskauer Zeit. Die beiden Staatsmänner unterhielten sich noch eine Weile und versicherten sich, bei nächster Gelegenheit das neue Freihandelsabkommen zu unterzeichnen. Tell war insgeheim froh, der EU damit nochmals eins auswischen zu können.

Das Abendessen teilten sich die beiden Politgrössen mit ihren Attachés, einigen russischen Armeeangehörigen, einer Handvoll Sekretärinnen, Serge und einer unbekannten jungen Frau an Putins Seite. Erst wurde Kaviar aufgetischt. Putin versicherte Tell währenddessen, dass die exklusiven Fischeier weniger den russischen Mägen als vielmehr der russischen Wirtschaft dienten. Bloss ein Klischee, sagte er. Zum Hauptgang wurde Soljanka, eine traditionelle Suppe, aufgetischt, gefolgt von Fisch, Fleisch und allem Möglichen, was man sich vorstellen konnte. Tell ass genüsslich. War er doch weit genug von geschmolzenem Käse, trockenen Fleischspezialitäten und Rösti entfernt, um seinem Gaumen vorurteilsfrei neue Empfindungen zu erlauben.

Wodka? Kaum. Putin trank nicht. Auch sonst niemand. Tell war dies ganz recht, da er sich vor der Kombination aus Müdigkeit, Alkohol und Jetlag fürchtete.

Die schwüle Nachtluft legte sich schwer auf Tells Glieder und drückte ihn fest in die samtweichen Laken des grossen Bettes. Er empfand es als ein angenehmes Gefühl, ohne Alkohol, aber dennoch ein bisschen entrückt in der Gegenwart, an der Spitze der Welt angekommen zu sein. Schwer begriff er die verzerrte Grenze zwischen Wachsein und Traum. Stimmen flüsterten in sein Ohr. Er hörte Applaus, sah Gesichter und badete in einem Blitzgewitter. Ein Knabbern an seinem Ohr. Wieder ein Flüstern. Dann etwas, das sich wie nackte Haut auf seinem Oberschenkel anfühlte. Tell blinzelte, blickte in das Gesicht einer bildhübschen blonden Frau und richtete sich auf. Die Frau, die junge Frau lächelte und biss sich auf die Unterlippe. Erst jetzt bemerkte er neben ihr ein weiteres weibliches Geschöpf. Genauso hübsch, aber anders. Dunkles Haar, ein dunkler Blick, lüstern und gefährlich zugleich. Wie von einer Feder angetrieben, sprang Tell aus dem Bett, zog eine der Decken mit sich und band sie sich um die Hüfte. Sein Herz raste, während er sich die beiden Frauen ansah und sich mit einer Hand immer wieder über die Augen rieb. Noch war er sich nicht sicher, ob er lediglich träumte oder ob er halluzinierte oder ob er dies gerade wirklich erlebte. Die beiden Geschöpfe fuhren sich mit der Zunge über die Lippen und stöhnten leise, während sie ihn anstarrten. Tell war sichtlich erregt und versuchte es mit dem Laken so gut es ging zu kaschieren.

«Honigfalle!», schrie er plötzlich aus. «Honigfalle», wiederholte er leiser. «Bitte geht. Verlasst mein Zimmer. Geht!» Tell murmelte die Worte, als bereue er sie bereits, und wies mit dem Finger zur Tür.

Die Damen erhoben sich grazil und völlig nackt aus seinem Bett, huschten geräuschlos über den Boden und entschwanden ohne einen weiteren Blick durch die Tür. Tell blieb wie angewurzelt stehen und starrte an die Tür. Er fragte sich, ob er gerade einen seiner schwersten Fehler begangen hatte. Immerhin hatte er so etwas noch nie erlebt. Einen Moment lang überlegte er sich, ihnen nachzurennen und sie zurückzuholen.

«Sir, ich weiss nicht, wie ich es sagen soll. Hatten Sie noch etwas gehört letzte Nacht? War jemand bei Ihnen?» Das gestotterte Flüstern Serges übertönte das Summen des Solarseglers mühelos.

Tell hob die Augenbrauen und blickte ihn fragend an.

«Ich … Nein, also nicht. Ich dachte bloss, ich hätte noch Geräusche gehört. Oder Stimmen», meinte der Assistent.

Tell studierte das Gesicht seines Beraters für einen Moment, während er mit einem Buch auf dem Schoss auf einem Sessel sass. Beim Buch handelte es sich um die Biografie von Arnold Schwarzenegger. «Serge, was hätte Arni Vladi wohl gesagt? Seine Meinung?»

Serge zuckte mit den Schultern. «Keine Ahnung, Sir.»

«Vielleicht hätte er ihm gesagt: Vladi, ich hab mal so einen Typen gespielt, wie du es jetzt bist. Der kam aus der Zukunft. Also von heute. Er war genauso herzlos und hart. Aber er hat die Welt gerettet.»

Serge grübelte kurz über diesen Satz nach und nickte bloss.

«Serge, lassen Sie uns nach Hause fliegen. Brüssel kann warten. Darin sind die ja Profis. Ich bin am Ende meiner Kräfte angelangt. Muss erst einmal auftanken.»

Serge nickte, drehte sich um und verabschiedete sich in den hinteren Bereich des Flugobjekts. Tell drückte den Knopf einer

Sprechanlage und befahl dem Piloten, Kurs auf die Schweiz zu nehmen. Ein kurzes Rauschen folgte, dann ein «Jawohl Sir». Das Leichtflugzeug machte einen kleinen Schwenk, so dass Tell von der Sonne geblendet wurde. Er freute sich auf die Heimkehr. Ihm fehlte der Geruch der Walliser Weinreben, der Geruch seiner steinernen Burg. Das Hallen, das seine Schuhe auf den glattgetretenen Steinplatten hinterliess. Ihm war endlich wieder nach Menschen, die eigentlich auf Französisch sprechen wollten, aber auf Deutsch kommunizieren mussten.

Bern. Camp der acht Wagemutigen

Die Gruppe der Freiwilligen stand in einem Konferenzsaal des Bundeshauses und brachte die Vorbereitungen zum Abschluss.

«Trixle, Tönu, ihr zwei folgt mir. Wir gehen als erste. Ihr fünf wartet auf mein Zeichen per Smartwatch. Beobachtet inzwischen die Bären, bitte.»

«Ändu, was, wenn die Bären sich zwischen uns festsetzen?»

«Das wird nicht geschehen. Wir locken die Bären erst über die Nydeggbrücke. Ihr nehmt danach die Untertorbrücke, und wir beobachten euch wiederum vom anderen Ufer aus.»

Ändu, Trixle und Tönü kramten die Schafsfelle hervor und streiften sie sich umständlich über ihre Schultern. Sie warteten lediglich mit dem Überstreifen des Kopfteiles.

Das Anneli machte drei Schritte zurück, als sich die drei in Schale warfen. «Meine Güte, das stinkt. Ist da etwa noch Fleisch drin?» Die junge Polizeiaspirantin fing heftig zu würgen an.

«Es tut mir leid, in der Kürze war nichts Besseres aufzutreiben. Die Felle sind ganz frisch. Aber auch nur so werden die Bären darauf aufmerksam. Wir müssen authentisch sein.»

Ändu zerrte an seinen Gurten und sah die sieben anderen fest entschlossen an. Trixles Stimmung war bereits am Tiefpunkt angelangt. Und als sie begriff, dass sie bald dieses stinkende, nasse Teil noch über ihren Kopf würde ziehen müssen, fing sie zu schluchzen an. Sie hatte sich nämlich erst vor kurzem während eines Afrikaaufenthaltes in einem Hilfswerk die Haare zu traditionellen Zöpfchen drehen lassen. Und aus diesen würde sich diese blutige Fleischmasse niemals wieder entfernen lassen.

«Darf ich mir erst noch eine Mütze anziehen?», fragte sie

unsicher und kurz davor, von einem Weinkrampf übermannt zu werden.

Ändu sah sie mitfühlend an und sagte bloss: «Authentizität, Trixle. Authentizität.»

Trixle nickte stumm und vergoss einige Tränen. Unter dem Fell trugen alle drei noch einen Rucksack mit Proviant und Ersatzkleidung. Ändu hatte noch eine Pistole sowie eine Armbrust vom Museum mit eingepackt. Letztere hatte er einige Tage zuvor an einem vorbeiziehenden Vogel ausprobiert. Der Bolzen war meterweit an dem Tier vorbeigezischt und in der Frontscheibe eines Porsche Cayenne steckengeblieben.

Tönu hielt eine Hellebarde in seinen Händen und richtete sich mit erhobener Brust auf. «Männer. Und Frauen. Erinnert euch an diesen Tag. Dies ist euer Tag. Der Tag, an dem sie sterben. Und vielleicht auch ihr draufgeht. Aaaaahhhuuu!» Dann schlug er sich mit dem langen Griff der Hellebarde gegen die Brust. Niemand hatte ihm zugehört oder etwas von seiner Rede mitgekriegt. Zu nervös waren sie, zu fürchterlich war der Gestank.

Chrigu, ein erfahrener Verkehrspolizist, murmelte: «Das ist so entscheidend für unser Land wie die Schlacht in Marignano fünfzehnfünfzehn. Als die Eidgenossen den Grundstein für ihre Neutralität legten.»

Bloss einer reagierte. Tömu blickte entgeistert. «Das ist doch Quatsch. So ein Mythos. Das hast du schon letztes Jahr an der Jahresparty gesagt.»

Chrigu blickte ihn herausfordernd an: «Zumindest fing dort die Neutralität zu keimen an, du Euroturbo.»

Tömu war entsetzt. «Und das stimmt nun auch nicht mehr. Vor Jahren war ich noch dafür. Heute bin ich sicherlich ein wenig skeptischer.»

Chrigu grinste frech.

«Fertig, Männer. Dafür haben wir jetzt keine Zeit.» Ändu lief der Reihe nach zu jeder anwesenden Person, schüttelte Hände und wünschte viel Glück für die Mission. «Es hängt viel von unserem Erfolg ab, Männer. Und Frauen», fügte er hinzu, als Trixle und das Änneli sich räusperten.

Vorsichtig stiegen sie die Treppen im Bundeshaus hinab. Vorbei an zahllosen, ungläubig dreinblickenden Gesichtern, vorbei an anderen Polizisten, die sich erhoben und sie stolz ansahen, mit einem Blick, der sagte: Lebt wohl, ihr Idioten.

Ändu schob die beiden Wachen beim Eingang zur Seite, entriegelte die Türen und stiess sie vorsichtig auf, während er seinen Kopf durch den Spalt drückte und sich umsah. Hinter sich spürte er die Anspannung unter seinen Kameraden und munterte sie auf: «Das wird keine grosse Sache. Das haben schon viele andere vor uns gemacht.»

Losann

Tell hatte sich vorgenommen, alle fünfundzwanzig in der Eidgenossenschaft verbliebenen Kantone zu besuchen. Die dringlichsten zuerst, später diejenigen ohne Sorgen. Nach seinem Ausflug ins Tessin hatte er das Bedürfnis nach etwas mehr Weltoffenheit und gab das Kommando für den Flug in den Kanton Waadt. Losann. Der Hubschrauber steuerte geradewegs über den Regierungskanton Wallis. Aus dem Fenster konnte Tell noch sein Zuhause erkennen. Und so wie es aussah, stand das Auto des Gärtners auf dem falschen Parkplatz.

«Serge, notieren bitte. Miguel abmahnen und Lohn kürzen.»

Serge nickte, notierte jedoch nichts. Er wusste, dass Tell das Ganze bereits in einer halben Stunde vergessen haben würde.

Wie Hawaii damals, dachte sich Tell, als er das weite Blau des Lemansees glitzern sah. Wehmut überkam ihn, als sich die Sonne darin spiegelte. «Der an die UNO verlorene Teil kommt eines Tages wieder zurück an die Schweiz. Serge, verstehenS mich? Das ist kein dauerhafter Zustand. Die werden mich erst noch kennenlernen.» Tell zeigte mit dem Finger in Richtung Küste, an der sich die Umrisse flatternder UN-Fahnen ausmachen liessen. Der ganze Genfer Seezipfel wurde von diesen Stofffetzen umrahmt. «Das war reiner Völkerrechtsbruch. Dazu hatte die UNO kein Recht. Bloss weil eine Sprachminderheit sich durch die restliche Schweiz bedroht fühlte …» Tell öffnete seinen Hemdkragen und rutschte auf seinem Sitz hin und her. «Ich mochte diesen Club noch nie. Heute wohnen die alle in den konfiszierten Luxusvillen mit Seeblick und lassen sich in ebenfalls konfiszierten Luxuswagen herumchauffieren, nachdem die Oligarchen und Industriellen das Weite gesucht haben.»

Serge hörte wie immer bloss zu.

«Dieser Kanton kann einem nur Leid tun. Erst die Franzosen, dann Calvin, seither meist die Roten. Ein Multikultikessel, hin- und hergerissen zwischen Schweizer Tugend und französischem Wissen-wie-leben. Und dann ist da natürlich noch das Loch. Dieses verdammte, schwarze Ding. Es wächst jedes Jahr etwa zwanzig Zentimeter und verschlingt einfach alles, was ihm in den Weg kommt. Das CERN war gewarnt worden. Sagen Sie dem Piloten, er soll sich ja von diesem Ding fernhalten.»

Serge flüsterte etwas ins Mikrofon, als Tell ausrief: «Serge. Ich hab's. Centauri Alpha!»

«Sir?»

«Centauri Alpha, der Supercomputer, der die Kontrolle im Silicon Valley übernommen hat. Hat Burahti nicht gesagt, der einzige Ausweg sei die vollkommene Zerstörung des Systems, manuell bewerkstelligt?»

Serge nickte unsicher.

«Das Loch, Serge. Wenn es möglich wäre, diesen Centauri zu überlisten, ihn von der Aussenwelt abzukoppeln, ihm die Stromzufuhr abzuschneiden ...»

Serge unterbrach: «Strom produziert er selbst, Sir.»

«Dann halt eben mit brachialer Gewalt. Wir müssten ihn bloss aus einem Flugzeug in dieses Loch stürzen.»

«Was genau wollen Sie da reinwerfen, Sir?»

«Centauri, Serge, den Supercomputer. Das Tablet, den Laptop.»

«Sir, Centauri ist eine Verknüpfung tausender Geräte und eine Software, die überall eindringen kann. Da können Sie nichts rausschneiden. Es hat kein Herz, aber eine unheimliche Seele, bestehend bloss aus Gliedern, die sofort nachwachsen, wenn man sie abtrennt, und einem Etwas, das das System lenkt.»

Tell sank resigniert zusammen.

Es war ein herrlicher, warmer Sommertag. Der Duft des Sees, erfrischend, wohltuend, vermischte sich mit den olfaktorischen Eindrücken aus der mediterranen Landschaft und erinnerte Tell an Urlaubstage seiner Jugend an der Seite seiner bildhübschen Mutter und immer im Schlepptau seines herrischen, aufbrausenden Vaters.

«Gott segne sie», flüsterte Tell, als er aus dem Hubschrauber stieg und sich über festen Boden unter den Füssen freute.

Eine Delegation aus der Losanner Stadtpräsidentin, einigen Kantonsräten und kommunalen Politikern erwartete den Präsidenten, der keines der lächelnden Gesichter kannte. Er hatte keine Ahnung, welche Partei kantonsstärkste war, wer die Regierung bildete oder was in Losann überhaupt vor sich ging. Er überquerte einen roten, weichen Teppich sicheren Schrittes und wuchtete seine rechte Hand nach vorn, die nacheinander die ausgestreckten Hände schüttelte. Es wurde gelächelt. Auf der welschen Seite wurde fast gegrinst. Sehr wortkarg, dachte Tell. Und warum haben alle so rote Köpfe?

Keiner der Losanner sagte etwas.

«Meine Güte, Damen und Herren. Hat es Ihnen die Sprache verschlagen? Sie sehen mich doch nicht zum ersten Mal.»

Die Gruppe sah sich unsicher um. Dann endlich trat ein älterer Herr, er schien von einem anderen Mann angestossen worden zu sein, aus der Reihe und räusperte sich. «Presidant Tellö. Seien Sie herslisch willkommen in die schöne Stadt von Losann.»

Tell zog die Augenbrauen ein wenig zusammen, als er ein Kichern in der Gruppe vernahm.

«Wir offen, Sie atten eine schöne Flug. Wir fahren jetz su ein Restaurant, wo wir aben ein Tisch reserviert mit die toll Aussischt.»

Erneutes Kichern. Tell konnte nicht sagen, von wem dieses kindische Verhalten kam. Verärgert suchte er in den Gesichtern der Anwesenden nach Anhaltspunkten. Doch ihm kam immer noch dasselbe Grinsen entgegen. Dazu ärgerte er sich darüber, dass dieser Herr hier sich nicht mehr Mühe in der Aussprache der deutschen Sprache gab.

«Danke. Sie sind …?» Tell blickte ihn fragend an.

Der Mann stammelte unverständlich.

«Wie bitte?», hakte Tell nach.

«Jan-Peter Obri. Sir.»

Da brach es endgültig aus einem jungen Mann in der hinteren Reihe heraus, der sich vor Lachen nicht mehr halten konnte. Tell blickte erzürnt, hatte jedoch nicht die Lust, auf dieses flegelhafte Benehmen einzugehen.

«Lassen Sie uns fahren, Jan-Peter. Schöner Name.»

Der ältere Mann sah bedrückt zu Boden. Dann stieg die Gruppe in fünf geparkte schwarze Limousinen, die sie in rauschendem Tempo quer durch die Stadt an den See fuhren. Tell zählte etwa fünfzig Reporter, die sich um den Eingang des Hotels Losann Palast geschart hatten. Eigentlich hatte er mit mehr gerechnet. Zumal dies sein erster Besuch in dieser ehemals französisch sprechenden Gegend der Schweiz war. Er erklärte sich das Ausbleiben weiterer Reporter mit der lateinischen Unpünktlichkeit.

Während der Fahrt fragte ihn Serge: «Sir, was ist mit den französischen Ausdrücken, die wir bereits seit langem benutzen? ‹Restaurant› zum Beispiel, oder ‹Reservation›?»

Tell schnaufte verächtlich. «Wer sagt, dass die das nicht von uns haben? Und seien Sie nicht versucht, meinen Namen französisch auszusprechen. George. Ein englischer Name. George Washington, George Bush, George Michael.»

Die Wagenkolonne hielt vor dem Eingang zum hoteleigenen Restaurant Schloss von Uschi an. Hotelbedienstete eilten zu den Wagen und öffneten vorsichtig die Türen. Tell stieg aus und atmete die feuchte Seeluft ein. Sie gelangten ohne grosse

Vorkommnisse durch die Reporter hindurch auf die sonnige Terrasse des Hauses.

Das Essen wurde von einer netten Unterredung begleitet, in der die Losanner Stadtpräsidentin die Gelegenheit wahrnahm, Tell etwas über die Stadt und deren Gepflogenheiten zu erzählen. Er zeigte sich besorgt, als er von den Scharmützeln mit den UN-Blauhelmsoldaten an der Kantons- beziehungsweise Landesgrenze erfuhr. Einige Losanner Grenzwächter hatten sich einen Spass daraus gemacht, die Blauhelmträger mit kurzen Gewehrsalven zu provozieren, ohne sie jedoch zu gefährden. Doch anstatt zurückzuschiessen, waren sie jedes Mal mit erhobenen Händen davongerannt. Die Kantonsregierung hatte darauf jeweils ein Schreiben mit dem Inhalt erhalten, dass die UN diese Gewalt aufs Schärfste verurteilte. Und dass sie eine Klage am UN-Gerichtshof für Menschenrechte in Erwägung ziehen würden, sollte es zu weiteren derartigen Vorkommnissen kommen.

«Ist das nicht kindisch?»

Die Stadträte blickten betreten auf den Tisch.

«Sir, Präsident Tell», meinte die Stadtpräsidentin, «unsere Grenzwächter sind ein bisschen gelangweilt. Sie müssen verstehen. Die stehen zehn Stunden am Tag umher und blicken durch die Ferngläser hinüber zur UN. Dort wird gefeiert, gegessen und getrunken. Die leben in Saus und Braus, fahren teure Autos und wohnen in den Oligarchen-Villen an der Küste. Da dreht es dem Losanner halt mal den Magen um.»

Tell nickte, nicht sicher, was er davon halten sollte. Es war sowieso nicht wichtig. Er blickte zu Serge.

«Die Atomverhandlungen, Sir», flüsterte dieser ihm zu.

«Genau. Sehr geehrte Damen und Herren. Ich möchte Ihnen meine Hochachtung für den Erfolg der Atomverhandlungen mit dem Iran aussprechen. Dass ein so finsteres Land einmal einen derartigen Sinneswandel vollführen würde, hätte ich nie erwartet.»

Die Stimmung hellte sich schlagartig auf. Die Losanner blickten sich stolz an und lächelten. Tell klatschte einige Male in die Hände und begann damit einen fast tosenden Applaus. Die Losanner grinsten entzückt und nickten zufrieden.

«Bitte erzählen Sie mir, wie Sie Hosseini zu solchen Eingeständnissen überredet oder ihn davon überzeugt haben.»

Jan-Peter räusperte sich zwar, doch dann antwortete ein weitaus jüngerer Mann mit rotem Haar und einer zu langen Krawatte.

«Sir, Herr Präsident. Ich bin David Röpa und vertrete die Stadt Losann in rechtlichen Fragen. Wenn ich darf?»

Tell nickte.

«Danke, Sir. Nun, wir haben hierfür auf eine listige Methode gesetzt. Nicht hinterlistig, sondern raffiniert. Aufgrund eines Studienjahrs in den USA hatte ich das Glück, Warren Buffett, *den* Warren Buffett, kennenzulernen. Eigentlich zahlte ich ihm fünfzigtausend Dollar, um mit ihm eine Tasse Kaffee trinken zu können. Nun, wie dem auch sei. Ich hatte also seine Nummer. Diese habe ich dann vor sieben Monaten auch gewählt, als wir wussten, dass wir uns mit den Iranern treffen würden. Die damalige Schweizer Regierung, meine ich. Aber auch zu denen hatte ich engen Kontakt. Nun, ich rief also Buffett an und bat ihn um einen Gefallen. Nach einiger Bedenkzeit und etwa einer halben Million Franken sagte er dann schliesslich zu und kam eine Woche vor dem Treffen mit dem Iran nach Losann. Wir bereiteten uns zusammen penibel auf das Staatstreffen vor, in dem er einen pensionierten südafrikanischen Unternehmer spielen und sich nach dem Bankett unter die Gäste mischen würde. Das hat er dann auch getan, unauffällig und clever. Sie müssen wissen, Herr Präsident, Warren Buffett ist für seine rhetorischen Fähigkeiten sehr bekannt.»

«Das weiss ich!», log Tell, «aber warum Südafrika?»

«Sir, die Springbocks haben in der Geschichte des Irans nie

eine Rolle gespielt, und wir konnten uns unbelastet mit den Mullas und dem Ajatollah einlassen. Nun, Buffett, besser gesagt, Aaron Bootha an diesem Abend, hatte die Aufgabe, die Iraner in ungezwungenen Gesprächen über die Vorzüge des westlichen Kapitalismus zu unterrichten. Dabei hatte er aber genau darauf zu achten, die Worte ‹USA›, ‹Kapitalismus› und ‹Donald Trump› nie zu erwähnen. Vielmehr sollte er die verdutzten Iraner davon überzeugen, dass die kapitalistische Lebensform sein Lebenselixier und für seine fast einhundert Jahre verantwortlich war.»

Tell wunderte sich über diesen Plan und zog seine Augenbrauen ungläubig hoch.

«Dann ist aber der zweite Schritt erfolgt. Bootha, also Buffett, sollte die Iraner glauben machen, dass er persönlich einen Feldzug gegen die amerikanischen Staaten führte. Und Amerika, das sei nur mit den eigenen Mitteln zu schlagen, also wirtschaftlich, nicht kriegerisch. Seine Gründe seien dabei persönlicher Natur, und er habe nicht weiter darauf eingehen wollen.»

Tell kratzte sich an der Stirn, und Serge blickte müde auf ein Tablet, während die Losanner Delegation hellwach zuzuhören schien.

«Buffett hat einen vorzügliche Job gemacht. Sein fundiertes Wissen, gepaart mit den rhetorischen Fähigkeiten und seinem ansehnlichen Alter, liess die Iraner für keinen Moment zweifeln. Sie glaubten am Ende, das Wissen eines völlig neuen Wirtschaftsmodells erlernt zu haben. Kapitalismus war für sie bis anhin nicht mehr als ein Wort auf brennenden Flaggen an Kundgebungen gewesen. Sie haben das Projekt mit Buffet zur Geheimsache ernannt und sich noch in derselben Woche an die Umsetzung mit der Unterstützung Buffets gemacht, der ihnen das Wirtschaftsmodell schliesslich auf ihr Land übertragen hat.» Röpa schien kaum atmen zu müssen. «Drei Wochen später haben wir von ersten konkreten Plänen erfahren. Das Land wurde halb umgekrempelt, während den Unternehmen ein gewinnorientiertes Wirtschaften verordnet wurde. Handelsverträge mit der Welt waren die Folge. Sogar mit den USA, dem Teufel höchstpersönlich, in Person eines US-Präsidenten mit für die Iraner wohlklingendem Namen.»

Tell hörte sich die Geschichte konzentriert an und nickte zwischendurch, um nicht einzuschlafen.

«Und zu guter Letzt haben die Iraner eingelenkt und ihren Verzicht auf die Erzeugung von Atomwaffen erklärt, als wir ihnen ein Ende der Sanktionen anboten. Die Amerikaner sind ganz aus dem Häuschen, und es ist ihnen völlig egal, wie wir zu diesem Ergebnis gekommen sind. Sie sind bloss froh, endlich eine Lösung auf dem Tisch zu haben.»

«Ihr Plan, Röpa?»

Der junge Mann zögerte erst, nickte dann aber, während er rot anlief.

«Serge, bieten Sie dem Mann einen Job an.»

Serge sah irritiert zu Tell. «Sir?»

Doch Tell ignorierte ihn. Röpa setzte sich wieder.

Schoss Turbio

Tell starrte an die Decke. Er lag ausgestreckt in seinem grossen Bett und hielt die Arme hinter dem Kopf verschränkt. Die Bettdecke hatte er sich bis an sein Kinn hochgezogen. Unten sahen seine zehn Zehen zur Decke heraus und glichen zwei fünfköpfigen Familien ohne Haare. Tell versuchte summend ein Lied anzustimmen, doch seine Lungen versagten ihm diesen relativ einfachen Dienst. Gleichzeitig drehten sich seine Gedanken um die Präsidentschaft. Um das, was bisher war, aber vor allem um das, was noch kommen sollte. In einem Anfall wahnsinniger Grossmachtfantasie tobten sich seine Gedanken aus. Sie hielten nur dann kurz inne, wenn er sich vorstellte, eine neue Union zu bilden, nach dem Vorbild der EU, bloss mit ihm als alleinigem Präsidenten. Eine Republik der europäischen Völker. Volksnah und elitenlos. Er sah sich an einem mächtigen Podium, tief ein- und ausatmend, um auch die äussersten Regionen seines Reiches den Hauch seiner Macht spüren zu lassen. Er war allesbeantwortend, allwissend, allmächtig. Fast göttlich, wäre er nicht atheistisch veranlagt. Er würde ein Erbe hinterlassen, das Cäsar, Napoleon und Dschingis Khan in den Schatten stellen würde. Den neuen Kalten Krieg auf ewiges Eis legend, würde er das neue Bündnis zwischen den USA und Russland erschaffen, das mitten durch seine Republik Humanus führte. Mit einem Fingerschnips nur würde er die letzten Despoten dieser Welt seinem Willen unterwerfen, seinem Wohlwollen, sofern sie sich ihm freiwillig unterordneten. Er würde die Armen schützen, die Verlierer fördern, die Schwachen stärken, die Starken beschneiden, nicht sozialistisch, schon gar nicht kommunistisch, nicht kapitalistisch, nur geleitet vom Willen zur Befreiung der Welt von allem Bösen, von allem Schlechten.

Ein schriller Signalton erklang, gefolgt von einer Computerstimme: «*Incoming call, K.K. Incoming call, K.K.*»

K wie Klara. Tell tastete seine Bettdecke ab, bis er sein Smartphone ergriff und noch machttrunken draufblickte. Während er sich entschied, nicht dranzugehen und das Gerät bereits ablegen wollte, drückte sein Daumen versehentlich auf den Gesprächsbalken. Er verdrehte seine Augen und murmelte: «Was willst du?»

Als er auf den Bildschirm blickte, sah er blauen Himmel, ein blaues Meer. Die Grenze war kaum auszumachen. Klara stand da. Vor einem Tisch, auf dem ihr Gerät stand. Im Bikinioberteil und mit einem Seidentuch um die Hüfte, augenscheinlich ohne Bikiniunterteil und gebräunt von zehn Tagen karibischer Dauersonne. Für einmal grinste sie nicht, sie lächelte bloss und biss sich auf die Unterlippe. Für einen kurzen Moment verspürte Tell einen Anflug von Erregung in seiner Lendengegend.

«Klara, muss das sein? Weisst du, wie spät es ist?» Tell versuchte, seine Fragen richtig vorwurfsvoll klingen zu lassen und sich dabei so müde wie nur möglich anzuhören.

«Georgie, mein Grosser. Du bist ja sonst nie erreichbar. Ich habe es schon tausende Male versucht. Allein im Bett?» Sie stemmte ihre Arme seitlich in die Hüfte und bewegte diese sachte von einer Seite zur anderen.

«Wer hält die Kamera?»

Klara verdrehte die Augen. «Schon mal was von Self-Film gehört? Kamera auf den Tisch, positionieren, aufnehmen?»

Nun verdrehte auch Tell die Augen. «Was kann ich für dich tun?»

Klara trat drei Schritte näher. «Georgie. Ich vermisse dich.» Sie flüsterte fast: «Du fehlst mir. Und ich bin mir sicher, dass ein so beschäftigter Mann wie du auch etwas Nähe braucht. Von einer First Lady. Ständig an deiner Seite und immer für dich da, wenn es dir einmal nicht so gut geht. In jeder Hinsicht.» Sie bewegte unauffällig ihren Oberkörper und brachte dabei ihre Brüste zum Wackeln, während sie den Satz mit einem anregenden Seufzen beendete.

Tell fiel es nicht leicht, ihre beiden Vorzüge zu ignorieren. Zumal ihm die Nähe zu einer Frau schon lange nicht mehr zugestanden worden war. In seinem neuen Job war der einzige Luxus ein Glas Wein oder mal ein Glas Whisky vor dem Zubettgehen. Honigfallen kamen schliesslich nicht in Frage. Grundsätzlich hätte er nichts gegen eine Begleitung gehabt. Aber doch nicht von Klara, dachte er sich. Die Zerwürfnisse, das Chaos, die Streitereien und das Misstrauen. Da lag zu viel in Brüchen, als dass es einen Neuanfang zugelassen hätte. Und als er damals einfach keine Zeit mehr gefunden hatte, hatte sie sich einen neuen Mann geangelt. Tell hatte gar nicht richtig mitbekommen, wie das alles so schnell hatte passieren können. Schon war sie weg gewesen. Er hatte einsame Nächte, dafür aber nicht ständig diese Vorwürfe in den Ohren gehabt. Heute aber ärgerte ihn am meisten, dass er sich noch nicht einmal darüber hatte aufregen können. Die Enttäuschung und die Wut, er hatte beides vorspielen müssen.

«Was ist mit deinem Lover? Was hast du ihm vorgelogen, damit du mich anrufen kannst?»

Klara wirkte wenig begeistert. Eine Windböe zupfte an ihren Haaren und liess sie seitlich flattern. «Er spielt Golf», sagte sie bloss.

Tell wand sich erst unter seiner Decke und setzte sich dann auf das Bettende. «Klara, du hast mich verlassen, weil ich keine Zeit für dich hatte. Jetzt bin ich Präsident, und mein Terminplan ist voller denn je. Was also soll jetzt besser werden?»

«Ach, Georgie, du fehlst mir einfach.» Klara machte einen beleidigten Schmollmund und stocherte mit dem rechten Fuss im Sand.

«First Lady möchtest du sein? Darum geht es dir doch im Grunde bloss.»

«Nein, Georgie, überhaupt nicht.»

Tell hatte selten schlechtere Schauspielleistungen gesehen. Und sie schien sich noch nicht mal wirklich anzustrengen. «Ruf mich an, sobald du zurück bist, dann unterhalten wir uns», sagte er trotzdem.

Ein Lächeln setzte an, und gerade, als sie etwas antworten wollte, hatte er den Bildschirm ausgeschaltet. Er stand auf, schlurfte quer durch das grosse Schlafzimmer hinaus auf den Korridor und am anderen Ende in die grosse Wohnstube. Er bückte sich vor einer Kommode und zog eine Whiskyflasche hervor. Der Zapfen ging mit einem leichten *Popp* ab, ehe sich Tell einen Whisky-Tumbler füllte. Mit dem Glas in der Hand trat er an eines der grossen Fenster und blickte hinaus in die Nacht. Unter ihm funkelten die Lichter der Stadt Sitten, und die Lampen der vorbeifahrenden Autos zogen kurvige Linien. Das raue Getränk fühlte sich gut an in seiner Kehle. Es brannte erst, durchdrang dann aber seinen Körper mit einer wohligen Wärme, die ihm ein Lächeln auf das Gesicht spielte. Er fühlte sich gut. Zum ersten Mal seit seiner Ernennung zum Präsidenten konnte er das Gefühl, einer der mächtigsten Männer der Erde zu sein, richtig geniessen. Tell leerte das Glas mit einem einzigen Schluck und stellte es dann krachend auf das Fenstersims. Er lief zum Schreibtisch, setzte sich vor seinen PC. Das Gerät schaltete sich selbst ein, nachdem es Tell erkannt hatte. Eine von einem Laser projizierte Tastatur erschien schwebend vor ihm unter dem Bildschirm, der über eine hochsensible Kamera verfügte. Anhand der Augenbewegung konnte sie registrieren, an welche Worte der Nutzer gerade dachte, wenn dieser sich gleichzeitig die Tastatur ansah. Google tauchte auf, gleichzeitig Werbeannoncen von einem Bentley, von Rolex, einer Single-Agentur und einem Potenzmittel. «Guten Tag,

Präsident Tell», stand auf den personalisierten Startseiten von Google. Die Worte standen da in roter Schrift, umrahmt vom Bild einer energiegeladenen Morgendämmerung. Ein mächtiger Löwe kreuzte das Bild im unteren Bereich. Während Tell sich überlegte, wonach er hatte suchen wollen, blickte er auf den Bildschirm, der etwas unheimlich ständig das Hintergrundbild wechselte. Er sah das Antlitz von George Washington, gefolgt von Braveheart und dem Bild eines Hannibals, wie er über die Alpen zieht. Die Annoncen wechselten nach knapp zwanzig Sekunden und warben nun für Rotweine, Whiskys und einen Range Rover.

Tell war das Internet fast ein wenig unheimlich, da sich nichts verbergen liess. Dieses Etwas, dieses Lebewesen, wie Tell es manchmal nannte, kannte alles über jeden. Es gab kein Verstecken. Gesichtserkennung dank öffentlicher Kameras, Verfolgung dank Geldtransaktionen und Einkäufen in Supermärkten per Apps. Dieses Internet verfolgte die Menschen auf Schritt und Tritt. Bevor Tell zu tippen begann, dachte er an diese verrückte Gruppe, die sich auf einer Insel in der Nähe von Borneo ein Refugium aus primitiven Lebensumständen erbaut hatte. Ein Reich ohne Internet, ohne Telefon, ohne Smartphone und ohne Fernsehen. Und ohne Kontrolle. Wie Affen in der Vorgeschichte des Menschen, so äusserten sich die computerisierten Nachrichtensprecher öfters abfällig über die Rebellen, die konsumorientierter und staatlicher Kontrolle entglitten waren. Im Internet wurden sie wie Verräter behandelt. Jeder Artikel, jede Diskussion rückte sie in die Ecke von Landesverrätern. Obwohl sich ihre Ursprungsländer diesbezüglich selbst noch nie geäussert hatten. Tell stellte sich für einen Moment vor, wie es wäre, auf einer Insel in primitiven Umständen zu leben, als auf dem Bildschirm vor ihm eine junge Frau in erotischer Unterwäsche seine Aufmerksamkeit wieder dahin brachte, wo sie hingehörte.

Nun begann er, das Internet nach sich selbst zu durchforschen. Er dachte «Mächtigster Mann der Welt». Darauf erschienen Bilder des US-Präsidenten, gleich vier davon. Dann von Putin, Merkel, Roger Federer, Kanye West und Lady Gaga. Es folgten Bilder weiterer Superstars und Politiker. Sein Antlitz suchte er hingegen vergebens. Hatte er sich so gut vor den Journalisten verstecken können? Er schrieb seine Abwesenheit dem Internetzusammenbruch zu, der sich vor einem halben Jahr ereignet hatte. Damals war das Internet über Nacht unter nicht mehr zu bewältigenden Datenmengen zusammengebrochen. Ganze vier Wochen hatte der Ausfall gedauert, bevor ihn internationale Spezialisten wieder behoben hatten. In dieser Zeit waren Karrieren ruiniert, Beziehungen zerstört und Milliarden Freundschaften gekappt worden. Nicht wenige Menschen hatten ihre ganze Identität verloren. Über Nacht waren sie plötzlich ausgelöscht gewesen, leere Hüllen ohne Inhalt, zombieähnliche Kreaturen, die noch stundenlang vor den schwarzen Bildschirmen gesessen und auf ein Häppchen gehofft hatten. In den darauffolgenden Tagen hatten Kliniken enorme Zulaufraten und nach zwei Wochen bereits Rekordwerte verzeichnet. Nach weiteren zwei Wochen hatten sie ihre Tore schliessen müssen, da sie die Menge an durchgedrehten Menschen nicht mehr hatten verkraften können. Danach waren die Suizidraten hinaufgeschnellt. Exit hatte ebenfalls Rekordwerte zu verzeichnen gehabt und sich schliesslich mit Flatrate-Erschiessungen begnügen müssen, um all den ausstiegswilligen Menschen dienen zu können. Die Regierung hatte daraufhin den nationalen Krisenstab einberufen, der die sofortige Einstellung aller Erschiessungen angeordnet und die Anstalten mit provisorischen Zeltstädten entlastete hatte, in denen angehende Seelsorger und Psychologen sich um die kaum zu bewältigende Masse an Hilfesuchenden hatte kümmern können.

Interessanterweise konnten die Spezialisten nach gut vier

Wochen, also kurz vor der Wiederbelebung des Internets, ein einzigartiges Phänomen ausmachen. Demnach hatten einige Patienten, vornehmlich jüngere, ganz spontan begonnen, sich mit fremden Menschen zu unterhalten. Verbal, was anfangs eher stockend und bloss mit sonderbaren Ausrufen vonstatten gegangen war. Viele Jugendliche waren daraufhin in Begleitung in die Städte hineingeführt worden. Für viele eine völlig neue Erfahrung, die sie aufgrund ihrer Dreidimensionalität kaum bewerkstelligen konnten. Denn zum ersten Mal konnten sie hautnah erleben. Ohne Filter. Ohne Bildschirm. Es war zu spontanen Treffen in Innenstädten gekommen, wo sich tausende Menschen halb idiotisch angestarrt hatten, kaum in der Lage zu sprechen, aber freudig kichernd. Zur Erleichterung vieler, zum Bedauern weniger, hatte das weltweite Netz nach genau vierzig Tagen wieder seinen Dienst und seine Schäfchen aufgenommen, die sich nun wieder gut behütet durch das virtuelle Universum hatten bewegen können.

Tell schüttelte den Kopf. Dann suchte er nach den mächtigsten Personen der Schweiz. Wieder Federer, Lara Gut, Roger Köppel, der fast hundertjährige Jean Ziegler und Nick Hayek, auf einem Bild mit acht Uhren am Handgelenk. DJ Bobo folgte. Tell war überrascht, dass keiner aus dem Bundesrat auftauchte. Weiter unten stiess er noch auf Linda Fäh und Stefanie Heinzmann. Meine Güte, dachte er, wie langweilig. Tells Antlitz erschien dann auch noch. Auf Seite siebzehn. Nicht als Präsident. Sondern auf einem Bild, das ihn kurz nach einem Autounfall in der Basler Innenstadt zeigte. Damals hatten die Basler die erneute Trennung der beiden Basel gefeiert, nachdem sie sich ein Jahrzehnt lang erfolglos zusammengeschlossen hatten. Tell hatte dies zum Anlass genommen, ein wenig auf die Pauke zu hauen. Dazu hatten ein geliehener Porsche, zwei Flaschen Champagner, betrunkene weibliche Gesellschaft und überfüllte Strassen gehört. Darauf waren eine Bushaltestelle, falsche Abzweigung, ein Blick zu einigen wartenden Menschen, das berühmte Tram, zu späte Reaktion, dann Sitzbank, dann Personaleingang eines bekannten Restaurants, schliesslich ein Aufprall gefolgt. Die weibliche Gesellschaft unverletzt aus dem Wagen kletternd und davontorkelnd. Reporter abwesend. Aber wer hatte die denn auch gebraucht? Etwa einhundert Passanten mit Smartphones hatten diese lückenlos ersetzt. Darauf kamen Facebook, Youtube und zu guter Letzt Lokalnachrichten. Nirgendwo hatte er gelächelt. Jetzt aussteigen? Nein, Beine waren ja eingeklemmt. Stadtgespött, bis die Feuerwehr eingetroffen war. Immerhin betrunken genug, um es auszuhalten.

Tell sah sich einige Versionen dieser Bilder an, scrollte dann weiter. Und siehe da: endlich ein Bild, ein Mikrofon, Schloss Turbio. Der Präsident der Vereinigten Staaten der Eidgenossenschaft. Er las den dazugehörigen Artikel. Schweizer Eigenheiten: der erste Mensch der Welt, der aufgrund einer Volksinitiative zum Präsidenten gekürt wird. Einer Initiative, die er selbst mit der Lähmung der Schweizer Politik und dem begrenzten Spielraum eines ständig wechselnden Bundespräsidenten begründet hatte. Angeblich hatten sich ausländische Politiker darüber beschwert, nie zu wissen, wer gerade Bundespräsident war und gleichzeitig auf die Reaktionen von sieben Bundesräten warten zu müssen, die sich kollegial und im Kollektiv auszutauschen und zu einigen hatten. Tell, damals Mitglied der Regierung, habe die Verunsicherung bemängelt, die in der Politik herrschte. So habe sich die Schweiz jeglicher Möglichkeit beraubt gesehen, sich selbstbewusst für die eigenen Interessen einsetzen zu können. Mit einem innenpolitischen Schachspiel war es Tell bald gelungen, einige Mitglieder des National- und Ständerates zur Unterstützung seiner Motion bewegen zu können, die schliesslich in der Ausrufung der Volksinitiative gemündet hatte. Dass niemand im Parlament den Initiativtext allzu genau studieren würde, hatte Tell bereits einkalkuliert gehabt. Niemals hätten sie dem künftigen Präsidenten sonst so viele Freiheiten eingeräumt. Erst nach Annahme der Initiative war dem perplexen Parlament aufgegangen, wie stark Tell dessen Position beschnitten hatte.

Tell sprang zu einem anderen Artikel. Wikipedia: Lehre bei einer Regionalbank. Dann Studium in formbildender Kunst, eine Schauspielschule. Auslandsaufenthalt mit Grundkursen in vier verschiedenen Sprachen. Alle nicht bestanden. Lehrabbruch. Studienabbruch. Zwei Jahre auf Reisen. Südamerika, Afrika und Asien. Teilnahme an linksradikalen Demonstrationen gegen Rassismus und Diskriminierung. Zwei Jahre später: Festnahme nach Protestaktion gegen den Bau weiterer Asylheime. Drei Jahre später: Festnahme nach Protestaktion gegen die SVP-Initiative «Keine Handys für Asylanten». Darauf folgten Mitgliedschaften bei den Grünen, der FDP und die Gründung der Partei ABT *(A Better Tomorrow)*, die drei Monate später angesichts der niederschmetternden Weltlage wieder aufgelöst worden war. Stelle als Direktor des Schauspielhauses Zürich, Neuaufnahme seines Schauspielstudiums, erste kurze Filmrollen, auf die dann die Mitgliedschaft im Verwaltungsrat der UBS folgte, später kurze Auftritte bei Nestlé und Novartis und eine dreimonatige Anstellung als Abteilungsleiters bei COOP.

Tell entspannte sich, loggte sich aus. Dann durchsuchte er sein Filmarchiv nach einigen Filmen, die ihm ein besonders emotionales und nostalgisches Gefühl vermittelten. Es waren Streifen aus seiner Jugend. Gleichzeitig rief er in der Küche an und bestellte sich Bohnen, zwei Spiegeleier und gebratenen Speck. Auf dem Bildschirm erschienen die Gesichter von den längst verstorbenen Bud Spencer und Terrence Hill. Für Tell zwei Jugendhelden in Filmen bar jeglichen Sinnes. Einfache, harmlose Unterhaltung.

Tell rief erneut in der Küche an: «Und bringen Sie mir ein grosses Bier dazu.»

Unterdessen: Die Bärenfalle

Die Sonnenstrahlen, die seitlich zwischen Baumwipfeln und Hausdächern hindurch auf die Nydeggbrücke schienen, verwandelten den nächtlichen Regen in Dampfschwaden, die langsam in den blauen Himmel stiegen und dabei das Bild der anderen Uferseite verzerrten. Team eins, das aus Ändu, Trixle und Tönu bestand, starrte über die zweihundert Meter lange Steinbrücke zur anderen Seite und hielt nach Bären Ausschau. Sie schirmten mit einer Hand die Sonne ab und zogen die Brauen zusammen. Nichts regte sich. Einige Büsche, Sträucher und vereinzelte Blätter in saftigem Grün wurden von einem leichten Wind sanft hin und her gedrückt. Es war still. So still, dass sie sogar das Zirpen von Grashüpfern hören konnten. Hin und wieder unterbrach nervöses Vogelgezwitscher und der Ruf eines Kakadus die Ruhe.

Allmählich entspannten sich die drei und blickten einander an. Tönu nickte den anderen zu und gab ihnen mit dem Zeigefinger an den Lippen zu verstehen, ruhig zu bleiben. Trixle und Ändu nickten sich aufmunternd zu. Dann setzte Tönu vorsichtig einen Fuss vor den nächsten und bewegte sich langsam auf die Brüstung zu. Seine Schritte waren gleichmässig. Sein Atem ging ruhig, tief durch die Nase in die Bauchgegend hinein, gefolgt von einem kurzen Innehalten, dann gleichmässig durch den halb geöffneten Mund entweichend. Diese Atemtechnik unterstützte seinen ruhigen Gang. Eine Technik, die er während eines Abendkurses für eine japanische Nahkampftechnik erlernt hatte. Seine Kollegen blickten ihm bewundernd hinterher.

«Also Trixle», flüsterte Ändu, «Jetzt sind wir dran. Geh du zuerst. Ich gebe dir Rückendeckung.»

Trixle bewegte sich erst einmal nicht. Ändu musste sie zweimal an der Schulter stupsen. Dann entfuhr ihr ein Seufzer, und sie fing an, sich vorwärtszubewegen. Sie muss Todesängste durchstehen, dachte sich Ändu. Dennoch stiess er sie immer wieder an, um sicherzugehen, dass sie nicht plötzlich umkehrte.

«Komm schon, Trixle, das klappt doch ganz gut. Sieh, wie Tönu es schon fast bis nach drüben geschafft hat.»

Trixle sagte nichts. Sie hielt sich an der Brüstung fest und schob sich langsam Meter um Meter vorwärts, während ihr die Sonne ins Gesicht schien. Ändu blickte immer wieder über seine Schulter zurück. Er vermutete zwar, dass die Bären der Innenstadt ihre Witterung bislang noch nicht aufgenommen hatten. Doch wirklich sicher war er sich nicht. Scheisse, was mach ich hier?, verkniff er sich in letzter Sekunde, bevor der Gedanke ausgesprochen war. Auf Zehenspitzen folgte er Trixle, als plötzlich hinter ihnen ein ohrenbetäubendes Gebrüll ertönte. Trixle schrie auf, Tönu drehte sich um, und Ändu warf sich mit einem Hechtsprung auf den Boden und blieb regungslos liegen. Tönu fing an, mit den Armen zu fuchteln, als er den beiden zu verstehen geben wollte, leise zu sein und weiterzugehen. Ein Bär war nirgends zu sehen. Das Gebrüll musste aus einiger Entfernung gekommen sein. Vorsichtig rappelte sich Ändu wieder auf und stolperte zu Trixle. Als er näherkam, hörte er, wie ihre Kiefer gegeneinander schlugen und sie bibberte.

«Psst!», zischte er sie an. «Das war nichts, bloss ein Bär. Weit, weit weg von hier. Beruhige dich und geh weiter.»

Trixle starrte auf ihre Füsse, in der Erwartung, dass sie sich bewegen würden. Doch sie konnte keinen Schritt mehr gehen.

Ändu raufte sich die Haare und blickte abwechselnd von Trixle zurück zur Altstadt. «Na los, wenn die uns hier jetzt sehen, dann sind wir geliefert. Die fressen uns mit Haut und Haaren.»

Trixle entfuhr ein quälendes Seufzen, und ihr Kiefer klappte nach unten. Sie drehte sich um, lehnte sich mit dem Rücken an die Brüstung und liess sich zu Boden gleiten.

«Herrgott im Himmel nochmal!», entfuhr es Ändu, während er verzweifelt in den Himmel blickte. Dann sah er sich das wimmernde Ding an, riss sich zusammen, griff ihr unter die Achseln und zog das wehrlose Mädchen hoch und über seine Schulter. Tönu, der schon fast auf der anderen Seite angekommen war, blickte die beiden entsetzt an. Ändu gab ihm mit einem Nicken und einem Blick zu Boden zu verstehen, dass er die Lage unter Kontrolle hatte. Dann marschierte er los, als befände er sich bei der Fremdenlegion, mit einem fünfundzwanzig Kilo schweren Rucksack umgeschnallt, durstig durch die Wüste marschierend. Er fühlte sich plötzlich stark. Mutig, tapfer. Fast unbesiegbar schien sein Körper in diesem Moment. Er dachte an Braveheart, an Gladiator, an Bear Grylls, den Terminator verwarf er wieder. Filmhelden aus seiner Kindheit kamen ihm in den Sinn. In seinem Kopf hörte er Dudelsäcke und Männerchöre. Er hörte das Auftreten zahlloser Soldatenstiefel und das Einrasten von Gewehrkolben, das Schnappen von Klappmessern und das Gebrüll anstürmender Kampftruppen. Da fuhr erneut ein Bärengebrüll über die Nydeggbrücke. Ändu kreischte laut auf und hätte Trixle beinahe fallengelassen. Er stolperte, trippelte und wechselte dann in einen waghalsigen Sprint. Trixle wurde so stark durchgeschüttelt, dass sie sich übergeben musste, als sie Tönu endlich erreicht hatten. Ändu keuchte, bückte sich und liess Trixle zu Boden fallen.

«Scheisse, Mann, Tönu. Ich dachte. Der sei bereits. Auf der Brücke. Knapp hinter uns.» Ändu sah zurück, liess sich zu Boden fallen und legte sich auf den Rücken, um wieder zu Atem zu kommen.

Tönu kümmerte sich unterdessen um die ohnmächtige Trixle. Er tätschelte ihr Gesicht, öffnete seine Feldflasche und tropfte ein bisschen Wasser auf ihr Gesicht.

Ändu nahm sich Zeit, atmete tief ein und aus. Dann hob er seinen rechten Arm, tippte an seine Smartwatch und flüsterte: «Team zwei. Hier Team eins. *Mission accomplished. Copy that.*» Ein Signalton, dann: «Team Zwei. *Copy that.* Wir starten.»

Ändu legte seinen Arm auf die Brust und schlief ein. Lediglich einhundert Meter an Kadavern zurückgelassener Personenwagen vorbei, die Strasse entlang, dann ein wenig rechts, lag der Bärengraben. Der Plan der beiden Teams sah nun vor, mit kleinen Fleischstückchen eine Spur zu legen, um den Bärengraben herum, allmählich aus der Stadt hinaus. Beim jetzigen Aufenthaltsort würden sie noch ein kleines Audiogerät zurücklassen, das ein quälendes Gebrüll eines Bärenbabys spielte, das sie aus dem Internet heruntergeladen hatten. Die Teams würden weiter um Häuser und durch Strassen schleichen und dabei Köder auslegen. Zwölf Uhr mittags war die Ankunft und ein Treffen im Schönbergpark geplant. Von dort aus würde der Gewaltmarsch starten, mit minimalen Pausen, einem mörderischen Tempo und dem gleichzeitigen Absichern vor Hinterhalten.

Währenddessen marschierten die fünf aus Team zwei über die Untertorbrücke, unterhielten sich und blickten immer wieder zur Nydeggbrücke. Den Bären schienen sie nicht gehört zu haben. Und Ändu hatte es versäumt, sie davor zu warnen.

«Ein schöner Tag heute», meinte das Anneli zu Pesche.

Pesche nickte und pfiff eine Melodie vor sich hin. An den Gestank der verwesenden Tierfelle gewöhnt, unterhielten sich Chrigu, Tömu und Patrick über die verzwickte Lage, in der sich die EU trotz Mitgliederschwund schwächelnder Staaten immer noch befand. Nachdem sie die Brücke innerhalb von zwei Minuten überquert hatten, schlenderten sie weiter, trafen nach einer halben Stunde – gut eine Stunde zu früh – im Schönbergpark ein und machten es sich erst einmal bequem.

Sturm auf Zürich

«Serge, verschieben Sie morgen bitte alle Termine. Ich würde gern einen Tag frei nehmen.»
Der Assistent blickte Tell ungläubig an. «Sir?»
«Sie haben schon verstanden. Ich kann ja nicht zehn Tage am Stück durcharbeiten.»
«Aber Sir, morgen steht das Treffen mit Zürich an. Bundesrat Grübel hat bereits alles eingefädelt. Die Zeit drängt, Sir.»
Tell blickte zerknirscht zu Boden und rieb sich die Schläfen. «Also gut. Wir fahren aber mit dem Zug. Vom ganzen Herumeiern in der Luft habe ich sicher schon zehn Kilo verloren. Aber erste Klasse, versteht sich. Ich möchte mich nicht unter die da unten mischen.»
Serge tippte etwas in sein Tablet und nickte zufrieden.

Tell, Grübel, Serge und ein Anhängsel von Beamten stiegen am Hauptbahnhof in Zürich aus dem Zug und betraten die hohe Haupthalle des Gebäudes. Ein Riesendurcheinander zwang sie, ständig die Richtung zu ändern und verunmöglichte eine geordnete Formation. Nicht viel anders als NYC, dachte sich Tell, allerdings nicht so viele Schwarze. Draussen warteten bereits einige Wagen, um sie zum Hauptsitz der UBS im ehemaligen Opernhaus am Zürichsee zu fahren. Das grosse Firmenlogo prangte an der historischen Fassade der Bank und vermittelte einen Eindruck von geballter Macht. Zur Freude Tells erwartete sie bereits eine zehnköpfige Delegation, die höflich grinsend auf einem roten Teppich den hohen Besuch empfing. Einige Fotografen und Journalisten schmückten den Teppichrand.
CEO Morinho persönlich empfing Tell an der Wagentür und schüttelte ihm kraftlos die Hand. Der Brasilianer war vor

zwei Jahren zum Kopf der Bank gewählt worden. Tell hatte das Gefühl, ein kaltes Stück Fleisch in der Hand zu halten und blickte auf das schüttere Haar des Mannes herab. Durch dessen dicke Brillengläser blitzte allerdings eine Gerissenheit, die Tell warnte, sich zu sehr durch die körperliche Erscheinung des etwa fünfzigjährigen Südamerikaners täuschen zu lassen.

«Es ist uns eine Ehre, Herr Präsident Tell, Sie hier bei uns begrüssen zu dürfen.»

Tell nickte und bedankte sich für das Treffen. Erneut schüttelten die beiden die Hände, wandten sich diesmal aber zu den Fotografen und liessen ein zurückhaltendes Lächeln über ihre Lippen fahren.

Das Innere des Gebäudes erinnerte in keiner Weise an die lebhafte Vergangenheit als Opernhaus. Grosse Bildschirme prangten in dunklen, metallenen Wänden und wiesen Aktienkurse und Informationen aus, die Tell nicht im Geringsten verstand. Die Räume waren hoch, spärlich mit edlen Designermöbeln dekoriert. Der Beobachter wüsste nicht, ob er es als edel oder leer empfinden sollte. Sie durchschritten eine Eingangshalle, einen Informationsraum, dann eine Lounge, dann traten sie in einen Konferenzraum ein, dessen Stühle aus Leichtmetall von einem anderen Stern hätten sein können, derart verformt standen sie um den mächtigen runden Holztisch. Etwa dreissig Leute konnten hier Platz nehmen. Tell langweilte diese moderne, elitäre Dekoration. Ihm mangelte es an Eindrücken, an schwererem Geschütz, warmen Farben, an Glas und Holz und unzähligen Lampen. Er stand sogar auf Samtstoffe.

«Herr Präsident, ich bitte Sie gleich hier in der Mitte Platz zu nehmen. Dürfen wir Ihnen einen Kaffee servieren oder einen Grüntee, Ihre Lieblingsmarke?»

Tell fühlte sich geschmeichelt und entschied sich dennoch für den Kaffee. Mit einem Glas Orangensaft. Eine Heerschar von Bankern gesellte sich zu den Anwesenden und belagerte sogleich die gegenüberliegende Seite des Tisches. Allesamt Männer in schwarzen Anzügen, schwarzen Schuhen und schwarzen Gürteln. Das Höchste der Gefühle bestand aus einer hellblauen Krawatte an einem jüngeren Mann mit Brille und strammem Seitenscheitel. Alle verbeugten sich zurückhaltend vor Tell und wünschten ihm einen guten Tag, bevor sie sich setzten.

«Wie eine Horde von arroganten Staranwälten», flüsterte Tell Serge ins Ohr, der zu seiner Rechten Platz genommen hatte.

Schliesslich setzte sich direkt gegenüber von Tell auch Morinho und lächelte den Präsidenten an. Tell lächelte zurück. Als ein Kellner nach einigen Minuten alle bestellten Getränke serviert hatte, stand der Kopf der UBS auf und richtete das Wort an die Anwesenden.

«Sehr geehrter Herr Präsident, sehr geehrte Damen und Herren, herzlich willkommen. Es ist uns eine Ehre, Sie hier begrüssen zu dürfen.»

Tell lächelte nicht einmal. Und Damen sind keine anwesend, dachte er.

«Wir haben vor zwei Wochen Ihre Anfragen erhalten und verstehen die Dringlichkeit, weshalb wir sie in dieser äusserst kurzen Zeit auch bearbeitet haben.» Morinho stand auf und blickte auf ein Tablet vor ihm. «Beginnen wir doch gleich mit den Steuern. Dem umfangreichsten Bereich, den Sie erwähnen.» Sein schmaler Körper stand mit hängendem Kopf vorgebeugt da, während seine Arme hinter dem Rücken nach Halt suchten. «Wir werden an der Aussetzung der Bundessteuern für den Kanton festhalten, wie es damals noch mit Bern vereinbart worden ist. Den Solidaritätsbeitrag leisten wir allerdings gern weiterhin.»

Tell verdrehte die Augen. Serge hatte ihm die Zahl, die Zürich als Solidarität betrachtete, auf einem Papier gezeigt. «Fahren Sie ruhig fort», forderte er Morinho auf, als dieser zögerte.

«Sie wissen, dass diese legitime Vereinbarung aufgrund der

Zugeständnisse zustande kam, die uns Bern damals abgerungen hat. Unsere Forderung war nicht mehr als eine Wiedergutmachung dafür, dass wir unsere Bankfilialen in den Kantonen für weitere zwanzig Jahre beibehalten würden, derart haben sich die Kantone vor den Arbeitslosengeldern gefürchtet, die dann auszuzahlen wären. All dies, obwohl neunzig Prozent der Bankgeschäfte online getätigt werden und nur noch vereinzelt Touristen und Pensionierte eine Bank aufsuchen.»

Tell hörte halb gelangweilt zu und gab Serge das Zeichen. Dieser räusperte sich und stand auf.

«Verehrter Herr Morinho, unserer Rechtsabteilung ist nicht entgangen, dass die Vereinbarung damals einerseits von Lobbyisten initiiert und andererseits von dazu nicht befugten Bundesmitgliedern unterzeichnet wurde.»

Morinho Schultern schlafften den Bruchteil eines Zentimeters weiter ab.

«Diese Mitglieder hatten darüber hinaus einen Interessenkonflikt», fuhr er fort, «da sie in einigen Ihrer Verwaltungsräte Einsitz genommen haben oder es immer noch tun. So hat eine objektive Einigung gar nicht zustande kommen können, die Voraussetzung eben dieser Vereinbarung gewesen war.»

Morinho blickte spöttisch zu Serge, verlor aber gleichzeitig einen weiteren Zentimeter Körperhaltung. Als er ansetzte, etwas zu sagen, fuhr Serge unvermittelt fort. Tell staunte über dessen Einsatz.

«Sie, meine Damen und Herren. Meine Herren», Serge zeigte mit dem Finger auf die Anwälte und Banker rund um den Tisch, «Sie haben sich nichts vorzuwerfen zu lassen. Sie haben Ihren Teil rechtsgültig beigesteuert. Der Fehler liegt auf unserer Seite. Und diesen werden wir nun ausmerzen», endete er mit einem Lächeln.

Morinho liess sich aber nicht allzu viel anmerken. «Wir haben den Vertrag auf seine Rechtmässigkeit überprüfen und bestätigen lassen. Daran halten wir fest. Wir möchten es aber unter allen Umständen vermeiden, dies vor Gericht ausfechten zu müssen, Herr Präsident. Ich denke nicht, dass eine derartige Demütigung in Ihrem Sinne wäre.» Morinho hatte sich inzwischen wieder ein bisschen aufgebaut und blickte verächtlich auf Serge.

Da brauste Tell aus seinem Stuhl und schrie: «Ihnen fehlt die gottverdammte Unterschrift des Bundesrates, aller sieben dieser Unfehlbaren. Ohne das, kein Vertrag. Damit hat es sich», beendete er etwas ruhiger. «Serge, ich glaube, wir haben unsere Arbeit getan, lassen Sie uns noch diese bezaubernde Stadt besichtigen. Ich möchte unbedingt ein bisschen Globalisierung schnuppern. Meine Herren», Tell beugte sich weit über den Tisch und reichte dem perplexen Morinho die Hand, der die seine kraftlos schütteln liess, «ich danke Ihnen für Ihr Verständnis. Lassen Sie sich Zeit, die Steuernachzahlungen werden einiges Ihres Budgets beanspruchen. Ach, mir ist von vertrauenswürdiger Quelle berichtet worden, dass sämtliche Protokolle der Sitzung und Unterzeichnung bei einem Brand in unserer IT-Abteilung vernichtet worden sind.»

Morinho zog seine Hand aus der Umklammerung und schüttelte sie, während er erbost in Tells Augen zu starren versuchte. Der Finanzminister klatschte in die Hände, während ihm ein kratzendes Lachen aus der Kehle entstieg. Er hatte während der ganzen Unterredung kein einziges Wort gesagt.

Schloss Turbio

Tells Gedächtnis kam auf die Sprünge, als er die helle Zimmerdecke betrachtete. Das Zimmer war ihm vertraut. Er spürte einen flauschigen Teppich unter sich und liess die Finger der linken Hand in den Borsten kraulen. Die Rechte lag schlaff auf seinem Bauch und hob sich im Rhythmus des schweren Atems. Seine Augenlider öffneten und schlossen sich immer wieder für einige Sekunden. Sein Blick fiel erst nach links, dann nach rechts. Der Fernseher lief. Tonlos, so schien es. Daneben erkannte er auf einer Kommode einige Weinflaschen und Gläser, drei oder vier, so genau konnte er es nicht sagen. Bloss dass sich in einem davon noch Wein befand. Allmählich kamen Erinnerungen. Gleichzeitig Kopfschmerzen. Beide verstärkten sich, je konzentrierter er nachzudenken versuchte. Seine Gedanken rissen erst ab, als der Schmerz schier unerträglich und von Übelkeit abgelöst wurde. Seine Kehle schien sich zu verengen, während auf seinem Gesicht der Schweiss in Strömen seitlich herablief. Dann drehte er sich ruckartig auf die Seite und stöhnte. Als er sich allmählich aufrichtete, fingen seine Beine zu wackeln an, alles drehte sich, und er hatte das Gefühl, sein Herz könnte jeden Moment explodieren. Er versuchte einige Schritte Richtung Schlafzimmer zu laufen, stolperte allerdings über das aufgefaltete Ende des Teppichs und ging nach drei weiteren Schritten krachend zu Boden. Bevor er das Bewusstsein verlor, fühlte er sich immerhin erleichtert, dass er sich nicht übergeben musste und ihm bloss der Sabber seitlich aus dem Mundwinkel auf den Boden tropfte.

«Herein», brachte Tell gerade noch so über die Lippen.

Serge hörte ihn aber nicht und öffnete vorsichtig die Tür nach dem dritten Klopfen. Tell lag immer noch auf dem Boden. Mit dem Gesicht zur linken Seite gewandt, blickte er auf die Spitzen schwarzer Lackschuhe.

Serge beugte sich zu ihm und drückte seine Schulter. «Sir, Herr Präsident. Alles in Ordnung? Soll ich den Arzt rufen?»

Tell versuchte zu antworten, winkte mit einer Hand schliesslich bloss ab.

Serge stand auf, lief zu einer grossen Kommode und füllte ein Glas mit Wasser. «Hier, Sir, trinken Sie erst mal.» Er half Tell, sich aufzurichten und auf einen Stuhl zu setzen.

Tell trank dankbar. Er gierte so sehr nach dem Nass, dass ihm die Hälfte seitlich über das Kinn in den offenstehenden Hemdkragen rann. «Oh Mann», seufzte er, «Was war denn das?»

Serge blickte zu den leeren Gläsern und zuckte mit den Achseln. «Sir, Sie sind gestresst. Das ist auch nicht verwunderlich. Das Gewicht einer ganzen Nation lastet auf Ihren Schultern.»

Tell legte seine Hand auf Serges Schulter. «So ist es, Serge. Es ist ein hartes Stück Arbeit, das kann ich Ihnen sagen.» Er schüttelte den Kopf. «Erzählen Sie das aber niemandem. Und können Sie mir ein Aspirin besorgen?»

Serge bejahte und eilte gleich davon. Als er wieder zurückgerannt kam, bat Tell ihn, sich zu setzen, während er die Tablette mit einem Schluck Wasser runterspülte. Er deutete auf einen Sessel ihm gegenüber. Serge zögerte, setzte sich dann aber und blickte Tell besorgt an.

«Bitte rufen Sie den Bundesrat zusammen. Heute noch. Es liegen noch dringende Anliegen auf meinem Schreibtisch und auf meinem Herzen. Die kantonalen Zustände, Sie wissen, Serge, müssen endlich angepackt werden. Vor allem Bern, meine Güte, das ist doch kein Zustand.»

Serge nickte.

«Sobald das erledigt ist, Serge, werde ich den Bundesrat freistellen und alle Anliegen selbst in die Hand nehmen. Ich kann mich nicht auf meine Arbeit konzentrieren, wenn ich im Hinterkopf die Unfähigkeit dieser Hobbypolitiker habe. Und deren Hinterhältigkeit», fügte er hinzu.

Serge blickte überrascht auf.

«Genau, Serge. Ich kann es in Ihren Hundeblicken erkennen. Sie warten bloss auf eine Gelegenheit, mir in den Rücken zu fallen, ihrem Cäsar.»

Serge überlegte sich vorsichtig, dem noch etwas beizufügen. Er musste aufpassen, um einerseits nicht wie ein Verräter zu wirken und andererseits nicht wie ein dahergekommener Opportunist dazustehen. Deshalb sagte er: «Sir, ich denke, Sie handeln in weiser Voraussicht. Ich sehe beim Bundesrat diesbezüglich noch keine Intentionen. Doch was nicht ist, kann schneller kommen, als man denkt.»

Tell nickte nachdenklich.

Serge stand auf: «Ich melde mich, sobald die sieben bereit sind, Sir.» Dann trabte er davon.

«Meine Damen und Herren, danke fürs Kommen.» Tell verzichtete auf eine formelle Begrüssung. «Sie wissen, in einigen Kantonen drückt der Schuh, und die Füsse scheinen immer grösser zu werden. So sehr, dass wir sofort etwas unternehmen müssen. Ich möchte, dass Sie diesbezüglich mit den Kantonen zusammenarbeiten, auch mit den Gemeinden, sollten es die Umstände verlangen. Des Weiteren möchte ich Ihnen hier ein für alle mal klarmachen, dass ich von nun an das Sagen habe. Ich entscheide, ich dirigiere und delegiere. Und ich treffe Entscheidungen. Und lanciere Initiativen. Und bei den Initiativen fange ich auch gleich an. Notieren Sie. Und führen Sie danach kommentarlos aus.» Tell sah die sieben nacheinander an und erntete irritierte Blicke, die ihn zum Schmunzeln brachten. «In den Einzelheiten sieht dies dann wie folgt aus: Die Nordgrenze des Landes leidet aufgrund des Einkaufstourismus aus

Deutschland unter unhaltbaren Zuständen. Seitdem die Einheitswährung», Tell kicherte kurz, «aufgrund des Mitgliederschwunds so an Wert gewonnen hat, werden die grenznahen Geschäfte und Restaurants von diesen ungehobelten Touristen richtiggehend niedergerannt. Dies erzeugt in jedem Eidgenossen einen unwiderruflichen Abwehrreflex. Ganz natürlich, historisch betrachtet.»

Die Bundesräte nickten, sagten aber nichts.

«Mit dem ist nun aber Schluss, sage ich. Die Nordschweiz möchte nicht mehr als siebzehntes Bundesland tituliert werden. Das ist eine Zumutung. Wir müssen diese Shoppingströme kontrollieren, regulieren und bald mal eindämmen. Dasselbe gilt für die Westschweiz, die mit den Franzosen kämpfen, den Shoppern und den Einbrechern gleichermassen. Im Tessin dasselbe. Und im Regierungskanton fallen sie nun schon über die aufgetauten Pässe ein.» Tell hämmerte aufs Rednerpult. Sein Kopf lief rot an, und die erste Reihe wich unauffällig zurück. «Ich habe gestern die Auflösung der Kantonspolizei eingeleitet», fuhr er sich räuspernd fort. «Sie wird grösstenteils in die neue Nationalpolizei eingegliedert. Lediglich die Gemeindebeamten bleiben. Die haben mit ihrem Kleinkram genug zu tun. Ich möchte, dass Sie gemeinsam an der Realisierung neuer Grenzkontrollen arbeiten. Diese sollen die Einkaufslust der Ausländer schmälern. Gestaltet die Prozeduren aufwändig, kompliziert und langwierig. Parallel dazu muss die Grenze für die Rückerstattung der Mehrwertsteuer drastisch angehoben werden. Tausendfünfhundert scheinen realistisch. Das hält den Masseneinkaufstourismus ab und bringt uns nur noch die Oberschicht. Die wollen wir ja nicht verärgern. Unsere Uhrenmacher werden es uns danken. Irgendwelche Fragen? Dann sprechen Sie später mit Serge. Er kennt die Dossiers in- und auswendig.»

Tell machte eine Pause, trank einen Schluck Wasser und

blätterte einmal um. «Punkt zwei, meine Damen und Herren. Dieser betrifft in erster Linie Sie, Frau Winteruga. Sie wissen, seit der Euro derart an Wert gewonnen hat, sind nicht bloss die meisten Deutschen zurück in ihr Heimatland gefahren. Ihnen ist auch fast eine Million Schweizer gefolgt. Vorwiegend, um von den hohen Löhnen zu profitieren. Irgendwie verständlich. Allerdings sind mir in letzter Zeit immer wieder Beschwerden zu Ohren gekommen. Und diese schaden dem Image der Schweiz. Ich möchte, dass Sie eine Veranstaltung und Broschüren zu den Benimmregeln im Ausland aufgleisen. Eine Onlinepräsenz dazu. Mit den drängendsten Fragen und Sorgen der Schweizer und Schweizerinnen im Ausland. Ich muss hier nämlich die Kampagnen von *Stern* und *Bild* zitieren, die sich auf die Eidgenossen eingeschossen haben. Da wird von den immer netten Schweizern geschrieben. Dass sich die Deutschen daran stören, wir kämen nie auf den Punkt, seien stets übernatürlich freundlich, während uns stets ‹Bitte› und ‹Hätten Sie doch›, ‹Seien Sie so gut› über die Lippen kämen. Anscheinend meiden Deutsche bereits Geschäfte, in denen vermehrt Schweizer einkaufen, weil die Schlangen vor den Kassen dreimal so lang seien. Dazu komme unser Verhalten im Verkehr. Vor allem der Stadtverkehr Deutschlands im Süden komme fast vollständig zum Erliegen, da Schweizer jedem ständig den Vortritt lassen würden. Immer von einer freundlichen Handgeste begleitet. Dazu beschweren sich deutsche Arbeitskollegen über die antigewerkschaftliche Einstellung der Schweizer. Jedes Mal, wenn es zu einem Streik komme, würden die Schweizer stur zur Arbeit laufen oder sich bestenfalls krank melden.» Tell machte kurz eine Pause und sah in die Gesichter. «Die Deutschen regen sich ausserdem über unsere grauenhafte Aussprache auf. Hinter unseren Rücken werden wir ‹Ohr-schloch› genannt. Andere betiteln uns als Kamelreiter, weil unsere Aussprache ständig auf und ab geht, alle Vokabeln in die Länge gezogen, und dazwischen etwas, dass sich arabisch anhört.» Tell trank einen Schluck aus seinem Glas und räusperte sich erneut, während er den Kopf schüttelte. «Winteruga, Sie kümmern sich darum. Bringen Sie den Schweizern endlich bei, wie man sich vordrängelt, wie man im Geschäft in einem halben Satz alles gesagt hat. Drängeln, Arroganz, Egoismus und Ellbogenmentalität! Serge wird Ihnen die Höhe Ihrer Mittel mitteilen.»

Tell blickte kurz in die Runde und holte Luft. Die Zuhörer merkten, dass hier noch lange nicht Schluss war. «Bashi. Nächstes Problem. Sie haben ja davon gehört. Die Amerikaner wollen eine lückenlose Aufklärung der Spionageaffäre. Leider haben sie auch noch die Wanzen gefunden, die ich nach meinem Besuch im *Oval Office* zurückgelassen habe, was die Sache nur unnötig komplizieren dürfte. Erzählen Sie den Amis einige Geschichten. Danach verfüttern wir ein paar Mitarbeiter des Nachrichtendienstes an sie und versichern, sie hätten nicht in unserem Auftrag gehandelt.»

Bashi sah nicht sonderlich erfreut aus. «Sir, ich meine ...» Weiter kam er nicht.

«Das ist Vaterlandsdienst. Einhundert Prozent. Ihre Familien werden entschädigt. Diejenigen, die keine haben, erhalten einen dreiwöchigen Urlaub an der Costa del Sol, bevor sie von ihrem Schicksal erfahren. Punkt aus!»

Bashi blickte resigniert zu Boden.

«Wann ist unsere Spezialtruppe zurück, Bashi?»

Der Verteidigungsminister blätterte durch einen Stapel Papiere, fischte ein Blatt heraus und sagte: «Ehm, da haben wir ein kleines Problem, Sir.» Er lief rot an und begann zu stammeln. «Zwei von denen haben dort unten geheiratet. Fünf sind desertiert und abgehauen. Und ganze zwölf, Sir», er schluckte schwer, «sind zum Islam übergetreten.»

Tells Kinnlade klappte herunter. Eine ewige Minute lang sagte niemand ein Wort. Die Bundesräte scharrten mit ihren Füssen auf dem Boden herum. Niemand traute sich, Tell anzusehen. Der Präsident machte zwei Schritte auf Bashi zu und hätte ihn beinahe geohrfeigt. Die Bundesräte duckten sich allesamt.

«Gopfvertammi!», begann Tell eine Schimpftirade.

Nach zehn Minuten ging endlich Serge dazwischen und legte seine Hand auf Tells Schulter. «Sir. Ich glaube, Sie haben sich verständlich ausgedrückt.»

Bashi sass zusammengekauert auf seinem Stuhl und wimmerte.

«So, noch so ein Schock, und Sie sind alle auf der Stelle entlassen.»

Die Bundesräte sahen ihn entsetzt an.

Tell richtete sich wieder auf und blickte die Truppe an, während die Adern auf seiner Stirn pochten. «Grübel. Wir müssen mit der Nationalbank über einen Maximalkurs zum Euro und zum Dollar sprechen. Ein Wochenende an der Côte d'Azur für zwanzigtausend Franken, wo sind wir denn hier? Leiten Sie diesbezüglich alles in die Wege. Nehmen Sie einige der Lobbyisten mit, die sind schleimigen Umgang gewohnt. Sie wissen sicher, dass ein Zinssatz von acht Prozent nicht förderlich sein kann. Es wir nichts mehr investiert, nichts mehr gekauft. Das ganze Geld sitzt bloss auf profitablen Konten herum.»

Grübel nickte nicht mal, schlug lediglich langsam seine Lider zu. Gleichzeitig entwich ein «Mhhmmm …» seinen Lippen.

«Bashi, Grübel, Winteruga. Und ihr anderen. Ich bin leider noch nicht fertig. MAWI!! Der Text der Massenauswanderungsinitiative findet enormen Zuspruch, seit ihn die Grünen mit der Passage des Erhalts von kostenlosen Fincas auf den Balearen für Vermögende bereichert haben. So wollen sie die reiche Oberschicht aus dem Land schaffen, um endlich mehr Gerechtigkeit in der Schweiz zu erzeugen, heisst es. Sie wollen bloss noch Mittelschicht. Die Reichen weg, den Armen deren Hinterlassenschaften, und die Mitte muss selbst schauen. Dann gehen die aber auch. Und wir haben bloss noch Ausländer und Arme und arme Ausländische und ausländische Arme. Und vielleicht noch uns.» Tell atmete einige Male tief ein und beruhigte sich wieder. «Erstellen Sie eine Gegeninitiative und diskreditieren Sie die reichen Flüchtlinge. Nennen Sie sie Honigflüchtlinge, die unpatriotisch jeder Goldgräberstimmung nachlaufen und sich einen Dreck um das eigene Land scheren. Diskreditiert die Balearen noch dazu. Die Deutschenhochburg. Der weisse Hai. Fünfzig Grad im Schatten. Nur Manchego und Paella jeden Tag.»

Tell trank wieder einen Schluck Wasser. Die Stimmung entspannte sich merklich. Es kehrte sogar etwas Langweile ein, da das Gröbste vorüber war.

«Und jetzt noch die Liste der Initiativen, die anliegen. Ich sage Ihnen ja oder nein dazu.» Tell holte sein Tablet hervor, suchte nach der Liste und hob das Gerät vor die Nase. «Mindestlohn für Strassenmusiker. Nein.» Tell kratzte ich erst am Kopf, dann am Kinn. «Abschaffung der Winterzeit zugunsten der Sommerzeit. Was ist denn eigentlich besser? Früh morgens in der Sonne zur Arbeit fahren oder diese beim Feierabendbier auf der Terrasse geniessen? Der Fall ist also hoffentlich klar. Endlich. Einhundertachtzig für selbstfahrende Autos. Okay.» Tell stutzte, kratzte sich erneut und sah die Anwesenden überrascht an. «Wie haben die das so schnell hingekriegt? Die Unterschriften, meine ich. Initiative zur Abschaffung des Staatsoberhauptes. Wussten Sie davon?» Er sah die sieben forschend an.

Die Bundesräte blickten ihm entgegen. Nur Perrini und Winteruga wichen ihm aus. In Tells Magen hat sich ein ungutes Gefühl ausgebreitet.

«Dies hat oberste Priorität. Setzen Sie bis morgen einen Gegenvorschlag aus und berichten Sie mir, wer dahinter steckt.

Morgen auf meinem Schreibtisch. Das bedeutet Krieg. Na los, gehen Sie jetzt. Alle. Raus!» Tells Kopf war rot angelaufen. Er fing zu schnaufen an, als er den Ministern beim Verlassen des Raumes zusah. Dann schwang er sich auf dem Absatz um hundertachtzig Grad und brauste durch die Hintertür.

Tell blieb kurz stehen, stemmte die Arme in die Hüfte und blickte sich gedankenverloren um. Als sein Blick auf eine alte Holztür fiel, entspannte er sich und lief darauf zu. Ein Quietschen, hämmernde Schritte, das Ziehen an einer Lampenschnur, schummriges Licht, schon stand er auf den glattpolierten, alten Steinfliesen im Weinkeller und blickte auf die Sammlung von fast eintausend wertvollen, verstaubten Weinflaschen. Es roch muffig. Das Licht half bloss marginal, so dass er sich mit der Hand an der Wand entlang vorantasten musste. Er holte sein Smartphone hervor und betätigte die Taschenlampe. Genug, um einzelne Flaschen zu erkennen. Darunter befanden sich edelste Tropfen aus Frankreich, Italien, Neuseeland, Kalifornien und China. Letztere galten als Geheimtipp unter Weinkennern. Bloss auf den Restaurantkarten suchte man sie vergebens, denn sie hörten sich noch nicht wirklich chic an. Tatsächlich vermutete Tell etliche Fälschungen, insbesondere unter den fernöstlichen Weinen. Er schritt die modrigen Regale entlang, strich hier und da über eine der Flaschen und kam vor einem Regal in einem weiteren, noch dunkleren Raum zum Stehen. Ein Strahlen in seinen Augen deutete darauf hin, das er gefunden hatte, wonach er gesucht hatte. Eine Flasche Rothschild aus dem Jahr 1912. Vorsichtig schloss er seine Finger um diese wertvolle Rarität und hob die Flasche sanft aus ihrem Dauerschlaf. Als er das staubige Glas fühlte, schloss er die Augen. Seine Gedanken kreisten ins Jahr 1912, als Winzer die Trauben gepresst hatten, in einer Welt vor dem Ersten Weltkrieg, vor dem Zweiten. Einer Welt ohne Internet, ohne Fernsehen, mit den ersten motorisierten Fahrzeugen, mehr noch mit Pferdekutschen. Einer Welt, wo man sich das Wasser noch aus einem Brunnen holte und die Städte aussahen wie Teile von Disneyland heute. So viel ist geschehen, während diese Flüssigkeit ruhig dagelegen hatte und schlafend alles über sich hatte ergehen lassen, was die Welt, in der wir heute leben, geprägt hat. Sie hat Hitler überlebt, Bush, Obama, zahlreiche Päpste, die Terrorserie des zweiten Jahrzehnts und Donald Trump. Und sie hat den Tag erlebt, an dem Tell zum ersten Präsidenten der Eidgenossenschaft gekürt worden war.

Er öffnete seine Augen wieder, stellte die Flasche, die bereits einen guten Viertel des Inhalts eingebüsst hatte, auf ein wackliges Regal, suchte eine Weile im Keller nach einem Korkenzieher und einem sauberen Glas. Vorsichtig begann er im Dämmerlicht den Korkenzieher in den weichen Zapfen zu drehen. Er atmete ruhig, um das Zittern seiner Finger zu kontrollieren. Erst nach zehn Minuten schaffte er es, die bröckligen Überreste des Zapfens herauszuklauben, ohne dass allzu viel davon in die Flasche fiel. Er blies einmal heftig in ein leeres Glas, das er von einem wackligen Tisch hob, stellte es wieder ab und fing vorsichtig an, den Inhalt der Flasche hineinzugiessen. Sachte, immer darauf bedacht, die Flasche nicht zu stark zu heben, damit der Satz nicht auch noch hinausgespült wurde. Dann hob er das Glas und betrachtete ehrfürchtig das dunkelrote Gold. Gleich würde er eineinhalb Jahrhunderte Geschichte kosten, das Gefühl von Vergänglichkeit und Zeit. Mit einer zitternden Hand hob er das Glas an die Lippen und liess einen Schluck über seine Lippen laufen. Er spülte den Wein durch jeden Winkel seines Mundes, schlürfte, überlegte kurz und spuckte ihn mit einem angewiderten Gesichtsausdruck auf den Boden. Vergänglichkeit war dann auch beim Geschmack das Stichwort.

«Scheusslich!», rief er aus.

Der Wein hatte nicht bloss Zapfen. Er war völlig vergärt

und verrottet. Letzteres traf es am besten. Tell eilte die Treppe hinauf, rannte zur Küche und trank ein Glas Wasser, um den grässlichen Geschmack von seiner Zunge zu lösen. Um Himmels Willen, dachte er sich, so schmeckt also Geschichte. Besser, er hätte die Flasche für einige zehntausend Franken verkauft.

Serge trat vorsichtig an die Tür und klopfte. «Sir, entschuldigen Sie die Störung. Darf ich eintreten?»

Tell gab ihm mit einem Handzeichen zu verstehen, hereinzukommen. «Was gibt's?»

Serge kratzte sich am Ellbogen. «Nun, Sir, wie soll ich sagen. Ich hoffe, das bleibt unter uns.»

Tell nickte und drehte sich zu ihm um. «Natürlich, Serge. Sie kennen mich.»

Serge schloss die Tür hinter sich und kam auf Tell zu. «Sir, Perrini und Winteruga.» Serge sah ihm ernst in die Augen.

«Was ist mit denen?»

Serge trat noch einen Schritt näher. «Ist Ihnen nichts aufgefallen?» Serges Atem roch nach Erdbeere.

Tell mochte dieses Frage- und Antwortspiel nicht. «Nun kommen Sie zur Sache.»

Serge sah sich verstohlen um, worauf Tell die Augen verdrehte. «Sir. Ich hatte schon länger ein komisches Gefühl bei den beiden. Aber letztes Mal, im Treppenhaus, ich kam gerade aus der Toilette, da haben sie sich mit einer alten Dame über die Smartwatch Winterugas unterhalten. Flüsternd. Doch ich hörte ganz deutlich die Worte ‹Absetzung›, ‹Neuanfang› und ‹Extremmassnahme›.» Serge sah ihn vielsagend an.

«Ach. Mit wem haben Sie sich unterhalten?»

Serge grinste. «Sie werden es nicht glauben. Mit Evi Wismer-Schlümpfli. Die hat ja so etwas Ähnliches in ihrer Amtszeit auch schon mal gemacht, Sir.»

Tells Brauen zogen sich zusammen, und er blickte an Serge

vorbei ins Leere. «Schlümpfli», sagte er trocken. «Serge, Sie sprechen von einem Putsch? Einer Entmachtung?»

Serge nickte ernst und sagte nichts.

«Wie soll das überhaupt gehen? In der Dritten Welt wird mal kurzerhand das Militär dafür eingesetzt, aber davon haben wir nichts mehr. Und das Parlament müsste mir doch treu untergeben sein. Ich stelle schliesslich sicher, dass sie einen fürstlichen Sold erhalten. Dabei haben die noch nicht mal viel zu tun.»

«Das mag sein. Aber vielleicht liegt genau hier der Hund begraben, Sir. Denn jeder möchte etwas hinterlassen. Eines Tages, Sie verstehen. Es gibt kaum einen erschreckenderen Gedanken als die Vergänglichkeit und das Vergessen vereint im Angesicht eines Holzkastens einen Meter tief unter der Erde. Davor fürchtet sich jeder Politiker. Keiner möchte gehen, ohne eine Spur gelegt zu haben. Die Amerikaner nennen das ...»

Tell unterbrach ihn: «*Legacy.*»

«Genau, Sir. *Legacy.* Ein Vermächtnis.»

Beide blickten eine Zeitlang gedankenverloren durch den Raum. Dann fuhr Serge fort: «Sir, Perrini und Winteruga werden vermutlich bald ihre Unterstützung der Initiative zur Abschaffung des Staatspräsidenten bekanntgeben. In der Zwischenzeit werden sie aber versuchen, ein Netz aus National- und Ständeräten zu spinnen, um Ihre Macht soweit zu untergraben, dass Sie beim Zustandekommen der Initiative grosse Teile Ihres Einflusses bereits eingebüsst haben werden. So könnten Sie kaum noch etwas unternehmen. Ich bin mir zwar nicht sicher, dass es ihnen gelingen wird. Aber bei einer Mehrheit im Parlament könnte bereits der neue Mechanismus zum Zug kommen, der eine Neuwahl ausrufen würde. Sie wissen, diese Klausel, die man Ihnen damals abgerungen hat. Ein neu einberufener Staatspräsident hätte dann die Möglichkeit, sein Amt zugunsten der Machtverlagerung zurück zum Bundesrat aufzugeben und das republikanische System ein für alle mal zu begraben.»

Auf Serges Stirn rannen glitzernde Schweissperlen und wurden zu einem grossen Teil von seinen Augenbrauen aufgefangen. Einige schafften es hindurch und sammelten sich auf seiner Nasenspitze zu einem grossen Tropfen, der jeden Moment hinunterstürzen würde. Tell betrachtete den Tropfen, der bedrohlich zitterte, wenn Serge sich bewegte.

«Und ich vermute, sie werden es sehr eilig damit haben», fügte der Assistent hinzu.

Tell lief kreuz und quer durch den Raum, lief Kreise ab, trat für Sekunden ans Fenster und lief wieder von neuem los. Dabei hielt er seinen Blick fest auf den Boden gerichtet und seine Arme verschränkt hinter dem Rücken. «Serge, haben Sie einen Vorschlag?» Tell blieb stehen und blickte ihn sorgenvoll an.

«Nun, ich habe mir erlaubt, bereits einige Schritte einzuleiten, Sir. Ich stehe mit einigen Leuten in Kontakt, geeigneten Leuten. Schlauen Leuten. Und Sie, Mister Präsident, verfügen über die Möglichkeit, das Parlament nach Ihren Vorstellungen umzumodellieren. Sie können Leute absetzen und austauschen, und Sie können neue eingliedern. Ganz wie es Ihnen passt.»

Tell spitzte die Ohren, während Serge ein triumphierendes Gehabe kaum unterdrücken konnte.

«Noch bleibt Ihnen Zeit dafür.»

«Das heisst, ich kann jeden dieser Politiker rausschmeissen und durch einen anderen ersetzen lassen?»

«Genau, Sir.»

«Und Ihre Kandidaten, wer sind die? Wie viel muss ich denen zahlen?»

Serge schüttelte den Kopf und lachte. «Zahlen müssen Sie denen nichts, Sir. Es sind loyale Frauen und Männer. Das einzige, was sie im Gegenzug wollen, sind gewisse Freiheiten und Spielräume in ihren jeweiligen Kantonen. Sie können sich aber sicher sein, dass ihre Interessen mit den von Ihnen angepeilten übereinstimmen, Sir. Und ich habe sichergestellt, dass die politische Gesinnung kaum von der Ihren abweicht. Auch sie möchten etwas hinterlassen. Aber nicht auf Bundesebene. Das ist schliesslich Ihr Spielfeld, Sir. Diese Damen und Herren möchten bloss ein gemeisseltes Andenken in ihren Kantonen oder Gemeinden. Aber dafür müssen sie natürlich selbst sorgen.»

Tell spürte Begeisterung aufflackern, die ein Lächeln auf sein Gesicht zauberte.

Serge wollte sich gerade verabschieden, als ihm noch etwas in den Sinn kam. «Sir, ich vergass fast. Der Papst. Er hat ihre Audienz um unbestimmte Zeit verschoben.»

Tell war nicht wirklich enttäuscht. Er hielt es nicht so sehr mit Religionen und deren Vertretern. Für sein Image wäre aber ein medial begleiteter Besuch im Vatikan durchaus interessant gewesen. «Wissen Sie warum?»

«Ja, nun, Jesus sei gesichtet worden. Eine Art Rückkehr. Hat nichts mit Ihnen zu tun.»

Tell hätte sich fast an einem Schluck Wasser verschluckt und blickte Serge verdutzt an. «Was?»

«Ja, Jesus sei im Vatikan aufgetaucht. Mitten auf dem Petersplatz sei er plötzlich gestanden, ein grosses Kreuz neben sich auf dem Boden. Der wolkenverhangene Himmel sei aufgerissen, während Engelchöre die Stadt beschallt hätten. Erst ein Sturm, dann eher Wind, schliesslich habe sich noch ein Duft von unerreichter natürlicher Perfektion aus Rosen, Lilien und Büschen, Gräsern und Blättern über die Stadt gelegt. Jesus habe erst auf Aramäisch, dann Hebräisch und zu guter Letzt noch Italienisch einige Sätze gesprochen. Er habe seine Jünger, alle Gläubigen und auch alle Ungläubigen zu sich gerufen, mitten auf den Platz. Als erstes sei CNN da gewesen, dann ein paar Fotografen von Reuters. Erst allmählich seien Passanten auf ihn aufmerksam geworden und hätten sich zum ihm gesellt. Die Menge war wohl schnell angeschwollen, da immer mehr Menschen versucht hätten, sich mit dem Allmächtigen auf ein Selfie zu bannen. Bald darauf sei er bedrängt worden wie ein Popstar, sei an den Haaren gezogen, mit Fragen eingedeckt worden, während ihm einige hysterische Frauen fast die Kleider vom Leib gerissen hätten. Zwei Femen-Aktivistinnen hätten sich dann auch noch vor ihm entblösst. Als ihn ein Selfiestick am Auge verletzte, habe er die Flucht zu ergreifen versucht. Nur mit dem Einsatz von Schlagstöcken habe er es mithilfe einiger Polizisten geschafft, sich vor der gierigen Meute in Sicherheit zu bringen. Genau jenen Beamten habe er noch danken wollen, ehe sie ihn niederrangen und ihm hinter dem Rücken Handschellen anlegten.»

Tell hörte fasziniert zu.

«Sie hätten ihn auf eine Polizeiwache gebracht und erst einmal in Untersuchungshaft gesteckt. Ein Psychiater habe sich ein Bild von seinem Geisteszustand machen sollen. Doch als dieser eintraf, sei die Zelle menschenleer gewesen. Bloss der Umhang habe noch auf der Pritsche gelegen. Angeblich sei der Satz ‹Ich komme erst in eintausend Jahren wieder› in die Wand eingeritzt worden. Dann sei über dem Vatikan, ja über halb Rom sogar, ein Donnergewitter mit Blitzen und sintflutartigem Regen hereingebrochen. Nach einem halben Tag dann soll alles vorbei gewesen sein. Sir.»

Bärenfalle

Trixle kam wieder zu sich. Tönu stützte sie, so gut er konnte. Sie blickte sich erst verwirrt um und strich sich die Haare aus dem Gesicht.

Ändu hatte sich über die Motorhaube eines Skoda gelegt und spähte in Richtung des Bärengraben. «Komm, Trixle, es liegt noch ein ganzes Stück Arbeit vor uns.» Er rief: «Also, es geht los. Wir fangen gleich hier an, laufen rüber zur ersten Hausreihe, dann einmal nach links und dann geradeaus. So ziehen wir in sicherem Abstand einen Halbkreis um den Bärengraben. Der Wind weht zurzeit aus Südwest und treibt unseren Geruch oder unseren Gestank von ihnen weg. Sobald der Wind dreht, dürfte es nicht lange dauern, bis sie die Fährte aufnehmen. Also, Trixle, du hast das beste Fleisch im Rucksack. Damit fangen wir an. Pack es aus und leg es hier hinter dieses Auto auf den Boden.»

Trixle öffnete ihren Rucksack, zog fünf Päckchen Rohschinken hervor, öffnete sie und legte die Scheiben flach auf den Boden. Tönu half ihr dabei. Da ertönte Ändus Smartwatch.

«Team eins, hier Team zwei, bitte kommen.»

«Hier Team eins.»

«*Roger that.* Team eins, Team zwei ist am Bestimmungsort eingetroffen. Ein bisschen früh, nehme ich an. Wir halten hier die Stellung. *Copy that.*»

«Team eins, *copy that.*» Ändu nahm den Arm wieder runter.

«Ändu, das Fleisch ist ausgelegt», sprach Trixle, als sie sich den Rucksack wieder auf den Rücken schnallte.

Die drei liefen weiter und legten an strategisch wichtigen Punkten weitere Köder aus. Da Tönu Hunger hatte, ass er selbst immer wieder eine Scheibe des Fleisches, ohne dass es die anderen mitbekamen. Es dauerte fast eine ganze Stunde, bis sie ihre Rucksäcke geleert hatten und sich endlich in Richtung von Team zwei aufmachen konnten. Letzteres hatte es sich im Park gemütlich gemacht, trank Bier und unterhielt sich angeregt, als Team eins eintraf.

Ändu war nicht sonderlich begeistert, sie mit diesen Dosen in der Hand anzutreffen. «Wo sind Pesche und das Anneli?», fragte er sogleich.

Chrigu und Tömu sahen ihn an und zeigten mit einem Finger auf einige Büsche. Ändu hob seine Augenbrauen und blickte auf eine natürliche Mauer aus Gebüschen, drei Bäumen und anderem Gestrüpp. Dann sah er nochmals zu den beiden Männern, die am Boden sassen und eine Dose Cardinal in der Hand hielten. Sie zuckten bloss mit den Schultern und sahen aus wie kleine Schulbuben, die irgendeinen Streich ausgeheckt hatten. Ändu zog seinen Rucksack aus, liess ihn zu Boden gleiten und bewegte sich langsam auf die Büsche zu. Er vernahm leises Kichern, während die Büsche raschelten. So richtig wohl war ihm nicht dabei, und er blickte immer wieder unsicher zurück zu Chrigu und Tömu.

«Ich bin hier der Boss», flüsterte er zu sich, riss sich zusammen und trat an die Büsche. Er war hier der Truppenkommandant und konnte keine Dummheiten und Verzögerungen erlauben. Dann lauschte er.

«Siehst du?», sprach das Anneli, «Auch grosse passen hinein.» Dann kicherten beide.

Ändu fuhr sich mit der Hand übers Gesicht. Wenn sie nur etwas länger Zeit gehabt hätten, hätte er die beiden jetzt lieber nicht belästigt. Aber sie mussten weiter. Wer wusste schon, wie weit die Bären bereits ihre Fährte aufgenommen hatten.

Pesche sprach: «Es kommt gleich alles raus. Sie wollen alle raus.»

Ändu lief rot an und räusperte sich. Keine Reaktion. Die beiden kicherten immer noch. Nochmals ein Räuspern. Wieder nichts. Nun platzte Ändu der Kragen. Er schritt in die Gebüsche, schob einige Äste zur Seite und erblickte die beiden auf dem Boden kniend. Sie waren angezogen, starrten auf einen Ameisenbau und liessen einen Fruchtsaft vor den Eingang tropfen.

«Komm her, sieh dir diese grossen Ameisen an, Ändu», sagte das Anneli begeistert.

Dieser traute, ein wenig erleichtert, seinen Augen kaum. Dann raufte er sich wieder zusammen. «Kommt jetzt, los, ihr Spinner. Wir müssen schleunigst weiter.»

Die beiden wirkten wie verzogene Kinder, die ins Bett mussten, erhoben sich seufzend und trotteten Ändu hinterher ins Basislager. Unterdessen hatten sich Chrigu und Tömu wieder in ihrem alten Disput über die Schweizer Unabhängigkeit verhakt. Es schien da einfach keine Einsicht zu geben.

«Jetzt los mer zue!», setzte Chrigu an, «die Schweiz wäre heute nicht das, was sie ist, hätten wir nicht strikt an unserer Neutralität festgehalten. Selbst als diese ... dieser Wurst erster Bundespräsident Österreichs wurde, hielten wir uns schön raus. Keine Meinung. Eifach Schnure halte. Der Garant für unseren Erfolg.»

Tömu schüttelte traurig den Kopf. «Mein Gott, das war was in Österreich. Da hätten wir uns wenigstens ein bisschen räuspern dürfen, so halb offiziell.»

Chrigu kicherte, als er sich das Bild der bärtigen, österreichischen Bundespräsidentin vor Augen führte.

«Chrigu, es ist so einfach, sich hinter dem Begriff ‹Neutralität› zu verstecken und alles Elend der Welt auszublenden, als ginge es uns nichts an. Die Welt dreht sich, und wir sitzen hier seit bald siebenhundertfünfzig Jahren und tun so, als gehe alles auf der Welt seinen normalen Lauf. Und uns nichts an.»

Chrigu legte die Stirn in Falten und blickte nachdenklich ein paar Bäume an. Schliesslich nickte er langsam. «Hmm.

Kim Jong, wie auch immer. Als er damals zweihundert seiner Verwandtschaft und seines Bekanntenkreises durch ein hungriges Löwenrudel zerfleischen liess, weil sie angeblich bei seinem Geburtstagsfest keine echten Freudentränen vergossen hatten, hätten wir mit dem Freihandelsabkommen sicherlich noch ein bisschen zuwarten können. Aber die haben gedrängt. An vorderster Front meine Tochter. Das war vielleicht ein bisschen pietätlos.»

Tömu holte zwei Bier aus dem Rucksack und reichte eines Chrigu. Es zischte, sie prosteten sich zu und tranken einen Schluck.

«Tömu, weisst du, ich verrate dir einmal ein Geheimnis. Aber erzähle es niemandem. Ich war mit sechzehn Mitglied in der Fraktion für ein freies Palästina.» Er wartete und blickte Tömu an.

Dieser hätte sich beinahe an seinem Bier verschluckt und spuckte die Flüssigkeit in hohem Bogen ins Gras. Dann sah er Chrigu verdutzt an. «Du spinnst jetzt wohl?»

Chrigu schüttelte ausdruckslos den Kopf. Er fuhr mit leiser Stimme fort: «Nein, Tömu. Voll im Ernst. Ich trug dieses Tuch um den Kopf, du weisst, welches ich meine. Dieses Tischtuch, das damals alle trugen. Zerfetzte Jeans, dreckige Turnschuhe. Ich und zwei Kumpel haben vor der israelischen Botschaft eine Flagge angezündet. Allerdings eine griechische. Blau-weiss, du verstehst. So sehr waren wir mit geopolitischen Fragen vertraut. Wo Israel lag oder was es war, wusste keiner von uns. Dann kaufte einer meiner Kumpel ein Che-Guevara-T-Shirt, der andere ging ein Jahrzehnt später zur Pegida nach Deutschland und unterstützte irgendwas gegen irgendjemanden, was weiss ich.»

Tömu blickte ihn immer noch misstrauisch an, hörte aber weiter interessiert zu.

«Dann kam plötzlich alles anders. Ich kriegte einen Job.

Ganz gut bezahlt noch dazu. Mein erstes Auto. Eine Freundin. Drei Jahre später ein Haus. Palästina interessierte mich einen Dreck. Pegida wurde durch die ‹Aktion gegen intolerante Muslime und Christen im Westen und Nahen Osten›, kurz AGIMCHWO, ausgesprochen ‹Agimschwo›, ersetzt. Plötzlich fing ich an, mein Land zu lieben. Spürte den Drang, es zu verteidigen. Gegen die da. Die da draussen, die immer mit dem Finger auf uns zeigten und uns massregeln wollten. Ich hielt mich aber an Regeln und war froh, wenn andere das auch taten. Denn es erleichterte mir das Leben. Weniger Sorgen. Einmal, ich hatte mir gerade einen Geländewagen gekauft, bepinselte so ein Antifascho mein Auto mit ‹Scheiss-Kapitalist› und ‹Es lebe Palästina›. Da bin ich fast ausgerastet. Diese Wanzenhalter und Besetzerszene. Ich rief bei der Polizei an und habe den Schaden gemeldet. Die Versicherung hat alles übernommen. Zur Anzeige kam es nie. Ich sah den Typen eines Tages auf der Strasse, ohrfeigte ihn dann, er trat mir zwischen die Beine. Und damit hatte es sich dann.»

Tömu konzentrierte sich, nicht den Faden zu verlieren.

«Und nun, Tömu, bin ich bei der Polizei. Dem Dienste am Bürger gewidmet. Offiziell und legal bemächtigt, Leute zu ohrfeigen.» Chrigu trank den Rest des Bieres aus, zerknüllte die Dose und warf sie in hohem Bogen über seine Schulter.

Tömu kam aus dem Staunen kaum raus. «Ich ...»

Doch weiter kam er nicht. Ändu hatte sich vor ihnen aufgebaut. «Männer. Jetzt wird nicht gepicknickt. Wir müssen weiter. Ein nie endender Marsch erwartet uns. Ins weite, gefährliche und unbekannte Graubünden. Packt eure Sachen!»

Die beiden seufzten und rappelten sich auf. Trixle, das Anneli und Pesche standen schon in voller Montur bereit und blickten sich um.

Verrat an Tell

Ich habe euch doch gesagt, wen ihr dazu kontaktieren müsst.»
Betretenes Schweigen. Winteruga und Perrini standen nebeneinander und führten dieselben Bewegungen aus. Der Blick zu Boden, dann der Griff mit der Linken an den rechten Oberarm, wo etwas zu jucken schien. Dann ein Räuspern und die fast gleichzeitige Gewichtsverlagerung auf den anderen Fuss. Immer noch Schweigen.

«Perrini, Winteruga, was ist los?»

Perrini sah sich erst um und flüsterte dann: «Evi, wie sollen wir sagen?» Sie sah hilfesuchend zu Winteruga.

Diese trat einen Schritt näher an den Bildschirm. «Evi. Die Leute wurden ausgetauscht. Alle vierunddreissig. Über Nacht.»

Wismer-Schlümpfli blickte ungläubig. «Wie bitte?»

Perrini überwand sich schliesslich: «Wir wollten unsere Leute heute früh kontaktieren. In den Büros. Doch sie waren nicht zu erreichen. Uns wurde erst nicht mitgeteilt, was los war. Dann haben wir endlich einen übers Smartphone erreicht. Den Holdener. Der meinte, sie würden ihn nicht mehr hineinlassen. Nicht in sein Büro, nicht einmal in das Gebäude überhaupt. Auch seinem Assistenten und vielen anderen wurde der Einlass ins Gebäude verwehrt. Wir riefen bei Leuenberger, Walser und noch anderen an. Überall dasselbe: Kein Einlass ins Turbio.» Perrini holte nochmals tief Luft und bevor Wismer-Schlümpfli etwas sagen konnte: «Verstehen Sie? Des Amtes enthoben. Alle. Alle des Amtes enthoben», beendete sie resigniert.

Wismer-Schlümpfli griff sich an die Stirn. «Ihr wart nicht vorsichtig genug. Ich habe euch gesagt: Vertraut den Plan niemandem an.»

Perrini wollte gerade antworten, da schraken sie und Winteruga auf und blickten über ihre Schultern nach hinten. Eine

Tür war aufgegangen. Bevor Wismer-Schlümpfli erkennen konnte, um wen es sich dabei handelte, wurde der Bildschirm schwarz.

Winteruga kicherte: «Du meinst wirklich, dass es die ganze nächste Woche regnen soll? Das glaube ich nicht. Ich wüsste nicht einmal, wo sich mein Regenschirm befindet.»

Perrini starrte Winteruga halb entsetzt an und stotterte: «Der Wetterbericht stammt ja nicht von mir. Hab ich gehört, nein, gelesen, meine ich.»

Dann blickten beide zum Präsidenten.

Perrini: «Oh, guten Tag, Sir. Wir haben Sie gar nicht kommen gehört.»

«Hallo, Frau Perrini, Frau Winteruga. Ich dachte, nächste Woche solle traumhaft werden. Aber so schnell kann sich das ändern. Erst noch Sonnenschein, und ehe man sich versieht, ziehen bereits dunkle Gewitterwolken auf und versuchen einen Strich durch die Rechnung zu ziehen.» Tell lächelte spitzbübisch. «Meine Damen, ich hoffe, Sie haben für nächste Woche keine allzu grossen Pläne.»

Die Frauen schüttelten argwöhnisch die Köpfe. Gleichzeitig suchten sie in Tells Augen nach Anzeichen, die darauf hindeuteten, dass er bereits etwas ahne. Ihnen war klar, dass die Absetzung ihrer Leute durch ihn erfolgt war. Doch noch hofften sie, dass ihre Namen nicht gefallen waren.

«Dann bin ich erleichtert. Gern würde ich Sie mit einer heiklen Angelegenheit diplomatischer Natur vertraut machen. Ich bin erst gestern zur Überzeugung gelangt, dass Sie beide die hierfür idealste Besetzung darstellen und die nötigen Kenntnisse mit sich bringen, um die Mission zum Erfolg zu führen.»

Die Bundesrätinnen blickten sich ausdruckslos an. Gern hätten sie an eine gute Nachricht geglaubt. Doch sie schienen bereits Böses zu ahnen.

Tell fuhr fort: «Es handelt sich um eine Aufgabe diplomatischer und gleichzeitig interkultureller Natur. Als Frauen verfügen Sie über das nötige Fingerspitzengefühl. Sie wirken feinfühliger und authentischer als ein Mann – oder zwei.» Tell blickte sie lächelnd an und zwinkerte ihnen dann mit einem Auge zu. «Sicherlich haben Sie von den drei in Istanbul inhaftierten Schweizerinnen gehört, die sich der radikal-atheistischen Befreiungsfront in Syrien anschliessen wollten.»

Perrini schluckte heftig, während Winteruga die Augen weitete.

«Die jungen Frauen konnten während einer gemeinsamen Geheimoperation mit unserem und dem türkischen Geheimdienst in Gewahrsam genommen werden. Doch statt sie uns auszuliefern, halten die Türken sie mit der Anklage der Religionsbeschmutzung in Haft. Das Urteil lautet auf fünfzehn Jahre. Ohne Bewährung. Aber das wissen Sie ja bereits alles.»

Die Mienen der Bundesrätinnen verdüsterten sich zusehends.

«Nun, meine Damen. Die türkische Regierung scheint dennoch kompromissbereit. In zähen Verhandlungen konnte ich ihr gestern erst einige Zugeständnisse entlocken. Sie hat sich bereit erklärt, die Schweizerinnen auszuliefern, nachdem sie in der Türkei ein achtwöchiges Wiedereingliederungsverfahren in die mittelöstliche Wertegesellschaft und einen vierwöchigen Kurs in Religionskunde durchlaufen haben. Sie besteht allerdings noch auf einer einjährigen Haftstrafe in einem unserer Hotelgefängnisse hier.»

Winterugas und Perrinis Emotionen fuhren Achterbahn. Schweiz. Wieder zurück. Das Ganze konnte ja nicht so schlimm sein.

«Das Programm, das die drei durchlaufen, muss von hochrangigen Schweizer Politikern begleitet und kontrolliert werden.»

Winteruga entfuhr ein leiser Schrei. Perrini fing am ganzen Körper zu zittern an.

«Und um der türkischen Regierung meine Motivation zu demonstrieren, habe ich anstelle von Diplomaten Sie beide auserkoren, diese interessante Aufgabe zu meistern. Mit Ihrer Position, gepaart mit Ihrer Weiblichkeit und Ihrer Empathie, werden Sie die Mission bestimmt erfolgreich zu Ende bringen können.»

Perrini stemmte sich gegen eine Wand, da ihre Beine den Dienst zu verweigern drohten. Winteruga blickte zu Boden und schnappte nach Luft, während sie sich die Haare raufte.

«Keine Sorge, meine Damen, Sie werden bereits morgen in einem angemessenen Viersternehotel im Zentrum Istanbuls untergebracht. Ihr Flieger startet um sieben. Seien Sie bitte pünktlich. Serge wird Ihnen noch Unterlagen zu den Mädchen mailen, damit Sie über fundiertes Hintergrundwissen verfügen. Sie können mich nach einer Woche anrufen und über Ihre Fortschritte informieren.»

Perrini setzte nochmals an, doch Winteruga, die die Situation richtig einzuschätzen vermochte, trat ihr unauffällig gegen das Schienbein.

«Meine Damen, haben Sie noch irgendwelche Fragen?»

Die zerknirschten Frauen schüttelten die roten und schwitzenden Köpfe.

«Sehr schön. Ich wünsche Ihnen ein erfolgreiches Unterfangen und viel Vergnügen.» Tell drehte sich schwungvoll um und marschierte glücklich davon. Er fühlte sich gut. Diese Minuten hatten ihm Flügel verliehen.

Seine Füsse traten auf Steinfliesen, während er einen Blick durch einen grossen Saal streifen liess, der vor Jahrhunderten für wundervolle Feste genutzt worden war. An den Wänden hingen unzählige Porträts, Bilder, Fotos und Gemälde. Dazwischen immer wieder Spiegel. In der Mitte stand ein imposanter, runder Holztisch, fast dreihundert Jahre alt, geschmückt mit

Vasen, Schalen, Gläsern und Kerzenhaltern. Tell lief einmal um den Tisch, fuhr mit der Hand über die Armlehne der Stühle und bewunderte das Vorhandensein so geschichtsträchtiger Objekte in seinem Haus. Als er stehenblieb, fiel sein Blick auf sein Spiegelbild in einem Spiegel an der Wand. Er starrte sich an, blickte in sein Gesicht und durchsuchte es nach Anzeichen von Stärke und Schwäche. Er schob seinen Unterkiefer vor und zog die Augenbrauen zusammen. Neben dem Spiegel hing ein Porträt von George Washington. Es zeigte ihn mit einer grauweissen Perücke und eher ausdruckslosem Gesicht. Tell blickte in das Gesicht seines Namensvetters und versuchte dessen Ausdruck zu imitieren. Allmählich nahmen Tells Züge dieselbe Stellung ein wie die George Washingtons. Er drehte seinen Kopf leicht zur Seite, hob sein Kinn und versuchte, auf die Gedanken zu kommen, die dem ersten amerikanischen Präsidenten damals durch den Kopf gegangen sein mussten. Hatte er gerade einen Krieg geplant, eine Hinterlist, diplomatisches Schach gespielt? Tells Gedanken suchten in Washingtons Blick nach Anhaltspunkten. Dann: *Beeil dich Maler, ich habe nicht den ganzen Tag Zeit. Das ist nervenaufreibend. Es ist heiss, und meine Perücke kratzt an meiner Stirn.* Tell schüttelte irritiert den Kopf und verliess den Raum.

Als er nach einer Minute nach draussen trat, um ein wenig an die frische Luft zu kommen, erwartete ihn hektisches Treiben. Eine Heerschar von Mitarbeitern hatte sich dran gemacht, Arbeitsutensilien, Unterlagen und elektronische Geräte der abgesetzten Parlamentarier hinauszutragen und sie in Fahrzeugen abzuladen. Andere wiederum taten das genaue Gegenteil. Es musste sich bei letzteren um die von Serge beorderten neuen Leute handeln. Tell gefiel das hektische Treiben, das er mit einem Lächeln im Gesicht betrachtete. Es zeugte von Energie, von Vorwärtskommen und von Veränderung. Nichts wie es ist oder einmal war, alles im stetigen Wandel begriffen. So mochte

Tell das Leben. Bunt, wild und zuweilen etwas chaotisch. Heute, nein, die Zukunft, dachte sich Tell, sie gehört mir. Ich bin die Veränderung. Einzig die Umstände der unaufhörlich fortschreitenden Technologisierung bereiteten ihm zuweilen Kopfschmerzen. Immer wieder ertappte er sich bei fast melancholischen Gedanken an eine unbeschwerte Vergangenheit. Dabei erinnerte er sich an seine Jugend, Freundschaften, tiefen Freundschaften ohne Oberflächlichkeit. Man hatte sich noch vertrauen können damals. Telefonanrufe. Termine. Die Natur. Draussen bei jedem Wind und Wetter. Zerbrochene Fensterscheiben und aufgeschürfte Knie. Wer nicht wie verabredet erschienen war, der war dann einfach nicht dabei gewesen. Man hatte nicht Nachrichten senden können. Man hatte sich gerauft, gestritten und versöhnt, nachdem Mama einem eine geklatscht hatte. Danach hatte es Fernsehen gegeben, ohne Abendessen. Eine halbe Stunde auf einem der drei Kanäle. Tell vermisste diese Zeit. Die Gegenwart ging ihm manchmal an die Substanz. Ständige Erreichbarkeit, ständige Informationen, flüchtiges Alles.

Eines seiner vielen Vorhaben als Präsident der Schweiz war es, sich bald mit öffentlichen Kleiderregeln auseinanderzusetzen. Tell konnte sich noch gut an die Dokumentation des Schweizer Fernsehens über den Ersten Weltkrieg erinnern. Er war richtig entzückt gewesen ob all der uniformierten und konformen Bekleidung unter der breiten Bevölkerung. Kaum hätte man einen Bankier von einem Stahlarbeiter unterscheiden können. Zumindest nicht im Fernsehen. Farben schienen damals nicht sehr in Mode gewesen zu sein, hatte sich Tell des Öfteren gewundert. Alles schwarz oder weiss. Tell machte sich nicht viel aus Trends, schon gar nicht modischen. Er hätte gern in einer Welt gelebt, in der er sich nicht mit Grossstadtgangstern in Alpendörfern, mit Hippies in der Stadt und Hipstern in Bioläden hätte abgeben müssen. Dann würde wieder vergangene Ordnung herrschen. Doch das war erst einmal ein ferner Traum. Im Jetzt hatte er genug Sorgen.

Er hielt einen vorbeieilenden Mann am Arm fest und fragte: «Wer sind Sie?»

Der eingeschüchterte Mann sah Tell erschrocken an und meinte: «Sir, Herr Präsident, ich trage bloss Sachen von Bellet aus dem Büro. Bellet?», wiederholte er, als er Tells Ahnungslosigkeit in den Augen sah. «Sie kennen doch Bellet? Nationalrätin? Sie wurde heute nicht mehr hineingelassen.»

Tell grinste ihn an. «Gut, beeilen Sie sich.»

Tell erkannte Serge in der Menge, wie er das Geschehen minutiös zu koordinieren schien, und schritt zu ihm. «Serge, Menschen sind vergänglich. Schon morgen werde ich nicht einmal mehr wissen, wie die Hälfte von denen hier heisst.»

Serge, mit einem Tablet bewaffnet, zeigte verschiedenen Leuten mit dem Finger die Richtung. «Wissen Sie es denn heute?»

Tell zuckte mit den Schultern. «Erwischt.»

Wagen brausten davon, andere parkierten irgendwo inmitten des Treibens.

«Serge, Sie sind eine Ausnahme hier. Ohne Sie funktioniert der Betrieb nicht. Sie müssen sich keine Sorgen machen.»

«Oh, danke, Sir.»

Tell lief über den Platz, zog die Autoschlüssel hervor und öffnete die Wagentür seines Maserati. Zufrieden setzte er sich hinein, startete den Motor und liess den Wagen langsam zwischen den Menschen hindurchrollen. Einige warfen ihm ehrfürchtige, andere eher missmutige Blicke zu. Er genoss das Gefühl, so viele Menschen zu bewegen und rollte ins Tal hinab in Richtung Autobahn. Als er die Einfahrt entlangfuhr, drückte er aufs Gaspedal. In kürzester Zeit wechselte sein Tacho von hundert auf hundertfünfzig. Kaum Verkehr, niemand behinderte sein Fortkommen. Er bretterte an Kontei vorbei, sah das Schild von Rid vorbeizischen und fuhr wie ein

Blitz um die Rechtskurve bei Martini. Erst war er sich nicht sicher gewesen, wohin er fahren sollte, doch nun peilte er den grossen See an, den «grossen Teich», wie er ihn manchmal nannte. Bei der Abzweigung Neustadt und Monträ bog er in Richtung des Sees und fuhr die gemütliche Küstenstrasse entlang. Da tauchten auch schon die Umrisse des ehrwürdigen Schlosses Schion auf. Tell bremste langsam ab und fuhr über den Parkplatz. Er sah Autokennzeichen aus Spanien, aus der tschechischen Republik und Deutschland. Drei der Busse stammten aus China.

«Das gibt's doch nicht. Die fahren neuerdings direkt von China aus mit den Bussen hierher?» Er sass hinter seinem Lenkrad, drehte den Motor ab und schüttelte dabei den Kopf. Schwungvoll erhob er sich aus seinem Wagen, atmete die feuchte Seeluft tief ein und streckte sich. Dann bemerkte er einen Chinesen, der an der Leitplanke angelehnt Zeitung las. Er trat zu ihm. «*Sorry, you speak english?*»

Der Mann nahm die Zeitung ein wenig herunter, sah Tell an und nickte müde, ohne zu antworten.

Tell liess sich nicht entmutigen. «*You drive all the way from China to here?*»

Der Mann nickte erneut und blickte wieder in seine Zeitung. «*How many hours?*»

Der Chinese blickte ihn an. «*Five days. Nonstop.*»

Tell bedankte sich und lief zum Eingang des Schlosses. Immerhin wurde er von der Schaltermitarbeiterin sofort erkannt und ohne Eintrittskarte hineingelassen. Er trat in den Schlossbereich, stieg eine Anhöhe hinauf und trat über eine steile Treppe ins Innere der Anlage. Nach einigen dunklen Windungen und weiteren Treppen kam er schliesslich oben auf einem der Türme an. Aus einem Fenster, einem schmalen Schacht, blickte er hinaus auf den ruhigen See. Sofort stellte er sich vor, wie es wäre, hier mit einer Tasse Kaffee in seinen flauschigen Hausschuhen am Morgen früh die Sonne willkommen zu heissen.

«Nein, tut mir leid, der Präsident ist nicht zu sprechen. Er befindet sich in seiner Wochenendresidenz», flüsterte er zu sich selbst.

Unterwegs mit Bären

Chrigu fluchte ständig. Hatte er doch tatsächlich geglaubt, kurze Hosen seien eine gute Idee auf dieser langen Reise. Da die beiden Teams sich aber von den gängigen Strassen fernhielten, stapften sie durch undurchdringliches Dickicht und finstere Wälder. Dornen, Gräser und hervorstehende Äste zerkratzten Chrigu dabei die Beine. Immer wieder berührte er einen Büschel Brennnesseln. Vor einer halben Stunde hatte ihn sogar noch ein erbostes Eichhörnchen in die Wade gebissen, als er es allem Anschein nach bei seinem Imbiss gestört hatte. Die Wunde war mit Bier desinfiziert und mit einer langen Socke verbunden worden. Die Berner Agglomeration zu umgehen, war anfangs keine einfache Aufgabe gewesen. Die Wälder waren grösstenteils gerodet. Fichten, Buchen und Weisstannen standen bloss vereinzelt in der Landschaft und boten spärlich Sichtschutz. Bald schon verdichteten sich die Wälder aber, und der Gruppe fiel es einfacher, sich versteckt fortzubewegen. Sie liefen der A6 entlang an Muri bei Bern vorbei, streiften Rubigen und kamen nach unzähligen Wohnsiedlungen und kleineren Dörfern zum Thunersee. Der Autobahn entlang hielten sie sich weiter strikt im Dickicht der angrenzenden Wälder, da vereinzelt Bären auf den Asphaltstrassen patrouillierten. Zerbeulte und zerdrückte Wagenleichen zeugten eindrücklich davon.

Am Thunersee machten sie für eine halbe Stunde Rast, ehe sie weiter Richtung Brienzersee marschierten, wo sie sich für die Nacht einquartieren wollten. Die Gegend um den See war bis zu diesem Zeitpunkt bärenfrei, und die Gruppe konnte sich in einer kleinen Gaststätte unterbringen. Frau und Herr Zimmermann, die Gastgeber, beäugten die Wagemutigen allerdings misstrauisch und etwas verunsichert. Die Polizisten durften ihre Mission nicht verraten und machten so in Wandermontur, inklusive fauliger Schafsfelle, sicherlich keinen vertrauenserweckenden Eindruck. Ändu fiel dann auch der Abdruck eines Gewehres auf, das hell auf dem Holz einer Wand im Speisesaal hervorleuchtete. Vom Schiesseisen keine Spur. Daneben die Geweihe einiger Hirsche und der Kopf eines Wildschweins. Herr Zimmermann, seinen Vornamen hatte er nie erwähnt, rollte einen Zahnstocher zwischen seinen Zähnen hin und her. Er sah die meiste Zeit zu Boden und massierte seine Hände. Ein bisschen nervös, hätte Ändu jetzt gesagt.

Die Nacht war ruhig. Sie teilten sich zwei Zimmer. Eines für die Damen, ein grösseres für die Herren. Frühstück gab es um sechs Uhr in der Früh. Kaffee, Gipfeli mit Butter und einem Spiegelei. Alles begleitet von bohrenden Blicken und unverständlichem Gemurmel. Die Gruppe war froh, möglichst bald wieder unterwegs zu sein.

Tönu lief neben Ändu her und fragte: «So zwischendurch mit einem Auto zu fahren ginge nicht?»

Ändu wünschte sich insgeheim nichts anderes, schüttelte aber den Kopf. «Da verliert sich schon bald unsere Fährte.»

Tönu war einverstanden. «Ich hoffe, der Zimmermann schiesst uns die Bären nicht ab, sollten die bei ihm vorbeisehen.»

Ändu runzelte die Stirn. «Ja, könnte durchaus passieren. Vielleicht werden die Zimmermanns aber auch von den Bestien gefressen. Das würde dann wenigstens als Einsatz fürs Vaterland durchgehen.»

Sie kicherten und liefen eine Weile schweigend nebeneinander her. Dann fragte Tönu: «Was hältst du eigentlich von dem Tell?»

«Wilhelm?»

«Nein, dieser Dschördsch.»

Ändu überlegte eine Weile. «Keine Ahnung. Er ist ja noch

nicht lange im Amt. Bislang hat sich immerhin noch nichts verschlechtert im Land. Abgesehen davon, dass wir hier etwas mehr Unterstützung brauchen könnten.» Ändu blickte zu Tönu. «Du?»

«Na ja, ich weiss nicht. Ich hatte nach meiner Grundausbildung noch ein Fernstudium in Psychologie absolviert. Mir gefällt seine Körperhaltung nicht sonderlich. Als ich ihn auf dem Bildschirm sah, wie er da die Ansprache hielt, da hatte ich das Gefühl, er würde er zu seinem Spiegelbild sprechen. Ständig hat er sich den Kragen gerichtet, ist sich durch die Haare gefahren und hat geradeaus ins Nichts gelächelt. Ich bin mir nicht sicher, ob er auch die Interessen seiner Bürger und Bürgerinnen vertritt. Und sein Schloss? Sein Auto? Nicht gerade Schweizer Tugenden.»

Ändu seufzte. «Gib ihm ein paar Monate. Falls es nicht klappt, wird eine Volkinitiative dem Spiel sicherlich ein Ende bereiten.»

Tönu war wenig beschwichtigt und blickte leicht besorgt vor sich auf den Weg. Die Schafsfelle stanken derart, dass sich sogar Fliegen davon fernzuhalten schienen. «Ich kotze gleich», meinte Tönu.

Die Ufer des Brienzersees tauchten hinter den Stämmen einiger Weisstannen auf, während die sich anbahnende Abenddämmerung ein violettes Lichtspiel in den Himmel malte. Dunkel und düster hingegen präsentierte sich der See. Er schien völlig verlassen an dieser Stelle. Es roch nach Gras, feuchter Erde und verbranntem Holz.

«Endlich können wir gleich ein Lagerfeuer entfachen.»

Trixles Moral hatte einen neuen Tiefpunkt erreicht. Das Anneli tätschelte sie aufmunternd an der Schulter. «Danach schlafen wir einmal richtig durch und können die schweren Beine hochlegen.»

Trixle wimmerte: «Ich spüre meine Füsse kaum noch.»

Vier Tage brauchten sie, um über den Sustenpass nach Wassen, Göschenen und schliesslich nach Andermatt zu gelangen. Zahllose Köder hatten sie zurückgelassen, dabei aber immer darauf geachtet, sie abseits von Siedlungen zu platzieren. Am vierten Tag flammte der Disput zwischen Pesche und Ändu erneut auf und führte zu einem lauten Streit.

«Das ist doch eine Scheisse!», meinte Pesche, der sich nicht mehr im Zaum halten konnte. «Was macht es für einen Unterschied, ob wir die Strecke zu Fuss gehen oder sie sitzend in einem Auto zurücklegen, an dem wir die Felle hinten festbinden und nachschleifen können.»

Trixle stimmte ihm zu: «Ändu, hör doch zu. Das ist doch zum Scheitern verdammt. Wir wissen ja noch nicht einmal, ob uns die Bären überhaupt folgen.»

Ändu wirkte kaum verärgert, steckte sich einen Finger in den Mund und hob ihn in den Wind. «Wind aus Westen. Perfekt. Die haben unsere Fährte sicher schon aufgenommen. Ausserdem sind wir authentisch. Ein Schaf würde ja auch kein Auto fahren.»

«Oder in einem Hotel übernachten», fügte Pesche dazu.

Ändu blickte ihn scharf an. «Habt Vertrauen, Frauen und Männer. Es ist nicht mehr weit. Wir bleiben für diese Nacht in Andermatt. In einem Hotel, sofern die uns reinlassen. Danach sind es noch knapp zwei Tage.»

Ausser Ändu liessen alle den Kopf zwischen den Schultern hängen und machten ein beleidigtes Gesicht. Etwa eine Stunde später wechselten sie auf die Autostrasse und gingen langsam auf Andermatt zu, wo sie von zahlreichen Touristen argwöhnisch beäugt wurden. Einige nahmen Bilder von ihnen, versuchten es beim langsamen Vorbeifahren sogar mit Selfies. Andere beschimpften sie bloss, als sie den scheusslichen Gestank wahrnahmen und realisierten, dass es sich nicht um eine Touristenattraktion handelte.

Die kleine Alpenperle lag vor ihnen. Es herrschte reger Verkehr. Wanderer und Städter aus der ganzen Schweiz zogen in Scharen in den Erholungsraum. Die Truppe wanderte gemächlich der Strasse entlang und versuchte, nicht weiter für Aufsehen zu sorgen, als eine Limousine mit getönten Scheiben neben ihnen hielt und das hintere Fenster heruntergelassen wurde. Ein älterer Mann mit Sonnenbrille und graugekräuseltem Haar lehnte sich ein wenig aus dem Fenster.

«Verzeihen Sie, meine Damen und Herren, kann ich irgendetwas für Sie tun?» Der Mann trug ein weisses Poloshirt, und sein gebräuntes Gesicht entblösste ein sympathisches Lächeln.

Die Polizisten blickten sich unsicher an.

«Er scheint es ernst zu meinen», meinte Pesche. «Wir sollten die Hilfe annehmen.»

Ändu herrschte Pesche an, still zu sein. «Nein danke, sehr nett von Ihnen. Wir kommen gut zurecht.»

Der Mann blickte die Truppe zweifelnd an und zog seine Sonnenbrille bis auf die Spitze seiner Nase, um sie sich besser ansehen zu können. «Sie haben doch nicht etwa vor, nach Andermatt zu wandern?»

Ändu blickte die anderen an und bejahte die Frage. «Doch, genau das haben wir vor. Wir sind ja schon fast da.»

Der Mann seufzte, klopfte seinem Fahrer auf die Schulter und stieg langsam aus dem Wagen. «Meine Damen und Herren, da sehe ich ein kleines Problem. Sehen Sie, mir gehören ein Hotel und zahlreiche Chalets in Andermatt. Im Fünfsternesegment, Sie verstehen. Und, nun ja, irgendwie möchte ich nicht, dass meine Gäste Sie so sehen …», er trat leicht angewidert einen Schritt zurück, «… und so riechen.»

Erst jetzt erkannte Ändu den Mann mit südländischem Aussehen und drehte sich mit bedeckter Stimme zu seinen Leuten um: «Das ist dieser Sawiris. Aus Arabien oder so. Den habt ihr sicher in den Nachrichten mal gesehen. Ihm gehört fast der ganze Ort.» Ändu suchte verzweifelt nach Argumenten, wollte aber seinen Plan nicht offenlegen. Er blickte seine Kollegen kurz an.

Trixle trat hinter Ändu: «Wir gehen kein verdammtes Stück weiter als bis zu diesem Dorf. Basta.»

«Herr Sawiris, habe ich recht?»

Sawiris nickte und kam mit einer Hand vor Mund und Nase ein paar Schritte näher.

«Wir befinden uns auf einer Geheimmission. Aus Bern. Wir sind von der Polizei.»

Sawiris zog die Brauen zusammen und blickte sie zweifelnd an. Da zog Ändu einen Ausweis aus der Tasche und hielt ihn vor Sawiris hin.

«Geheimmission? Das hört sich ja spannend an. Erzählen Sie mir bitte mehr.»

Ändu erzählte schliesslich auf Druck seiner Gruppe von ihrem Plan. Erst wirkte Sawiris verdutzt und konnte kaum glauben, was die Berner Polizisten im Schilde führten. Dann hellte sich seine Stimmung wieder auf.

«Sie sind wirkliche Pioniere. So etwas habe ich ja noch nie gesehen.» Sawiris hatte sich inzwischen ein wenig an den Gestank gewöhnt und lächelte. «Wissen Sie was, ich habe eine Idee.»

Etwa zwanzig Minuten später traf ein Bus bei der Gruppe ein. Ändu und seine Leute stiegen ein. Sawiris Wagen fuhr voran in Richtung Andermatt. Im Dorf bogen sie bei einem grossen Gebäude ab und fuhren zu dessen Rückseite. Nacheinander streiften sie ihre Felle ab, nahmen die Rucksäcke mit und huschten durch eine versteckte Tür ins Innere des Gebäudes, wo Sawiris auf sie wartete. Sie folgten ihm unter den misstrauischen Blicken einiger Hotelangestellter in einen Lift und fuhren zwei Stockwerke hinauf. Sawiris hatte ihnen angeboten, in seinem Hotel zu übernachten, auf seine Kosten. Abendessen inbegriffen, sofern sie sich etwas Passenderes anziehen würden. Er war fasziniert vom Plan mit den Bären und wollte sich die ganze Geschichte in allen Einzelheiten erzählen lassen. Die Erleichterung unter den sieben Polizisten war immens. Nach Tagen des Hungers, der Strapazen und des bestialischen Gestanks war eine Nacht in einer Luxusherberge mehr als eine willkommene Abwechslung.

«Auf Sie und Ihren tollkühnen Plan», sagte Sawiris an einem runden Tisch, während er sein Glas in die Höhe hob.

Es wurde angestossen, geredet und gelacht.

«Ich habe ja von diesen Bären in Bern oft in den Nachrichten gelesen, wusste aber nicht, dass es so dramatisch ist.»

Chrigu antwortete als erster: «Es ist der Wahnsinn. Die Menschen in der ganzen Stadt können nicht auf die Strasse. Die Gefahr lauert überall. In den Geschäften, in Gassen, in Museen, sogar in Kirchen. Diese Monster fallen einen von hinten an und beissen sogleich in den Nacken, bis die Opfer nur noch zappeln und dann dem Biss erliegen. Es ist ein grausamer Tod. Dauert fast eine Stunde. Wir vermuten mehr als zweihundert Opfer. Unzählige dürften noch dazukommen. Und nun ist es an der Zeit, etwas dagegen zu unternehmen.»

Schloss Turbio

«Serge, dieses Steak ist traumhaft. Hat Annemarie es gemacht?»
Serge nickte zufrieden und biss in ein saftiges Stück, das er sich mit der Gabel aufgespiesst hatte.
«Wie schmeckt Ihnen der Rotwein?»
Serge kaute, schluckte hinunter und antwortete: «Vorzüglich, Sir.»
«Was meinen Sie, wie viel hat der gekostet?»
Serge zuckte mit den Schultern. «Keine Ahnung Sir. Ich bin in Weinfragen nicht so versiert.»
«Acht Franken?» Tell entblösste seine Zähne zu einem wölfischen Grinsen.
Serge pfiff anerkennend. Die beiden sassen allein an einem grossen, antiken Tisch in der Mitte des Speisesaales, der mit Kerzen und einem grossen Kandelaber geschmückt worden war. Ein wildes Feuer brannte im Kamin und verlieh dem Raum eine gemütliche Atmosphäre.
«Serge, haben Sie nie daran gedacht zu heiraten? Kinder?»
Serge nahm noch zwei Schlucke Wein, ehe er antwortete. «Nein, Sir, dafür fehlt mir schlichtweg die Zeit. Und ich bin schwul. Also werde ich wahrscheinlich nie Kinder haben.»
Tell hätte sich fast verschluckt und blickte seinen Assistenten entsetzt an. «Sie scherzen.»
Serge verdrehte die Augen. «Sir, Sie haben das nie gedacht?»
Tell schluckte leer und suchte nach Worten. «Nein, um Himmels Willen. Sonst.»
Serge sah ihn herausfordernd an.
Tell schob seinen Stuhl zurück, stand kurz auf und atmete tief durch. «Sie haben mir nie davon erzählt.»
«Sie haben mich nie danach gefragt.»
Tell wirkte ein bisschen zerknittert. Nicht bloss, weil Serge

schwul war, sondern auch, weil er davon nie etwas geahnt hatte. War er während den Monaten an der Seite dieses Mannes blind gewesen? Tell konnte es kaum fassen. Während sie fertig assen, redeten sie kaum mehr. Tell suchte in Serges Körpersprache ständig nach Anzeichen für sein Schwulsein. Ein abgespreizter Finger beim Weintrinken vielleicht, fuchtelnde Handbewegungen oder schnelles und häufiges Blinzeln. Er sah sich seine Kleidung an: schwarze Hosen, schwarze Schuhe, schwarze Socken, ein dunkelgraues Hemd, das Jackett schwarz. Keine Krawatte. Tell ahnte allmählich, wieso ihm nie etwas aufgefallen war: Serge war ein Meister der Verstellung.

«Sagen Sie Serge, wieso ziehen Sie sich nie so an, wie Sie es sonst zuhause tun würden?»

Serge blickte Tell unsicher an. «Sie meinen?»

«Sie tragen sonst sicher so enge, gemusterte Hosen, farbige Hemden und italienische Mokassins. Dazu vielleicht eine stylische Sonnenbrille.»

Serge hatte Mühe, das Gesagte zu verstehen. «Sir, ich glaube, ich verstehe nicht ganz.»

«Ach kommen Sie, Serge. Wir sind hier unter Freunden. Ich weiss ja, wie das ist mit euch Schwulen. Ich sehe es manchmal in den Nachrichten, wenn ihr da auf diesen Discowagen durch die Städte zieht. Da ist alles eng, ölig und bunt.»

Serge dachte, sich verhört zu haben. «Und, Sir, was habe ich mit alldem zu tun? Denken Sie, ich laufe privat wie die herum?»

«Tut ihr das nicht alle?»

Serge zischte die Luft hinaus. «Sir, Mister Präsident, wenn ich mir hier jetzt auch die Zunge verbrenne, aber ich muss Ihnen sagen, dass Ihnen manchmal jegliches Quäntchen Einfühlungsvermögen abhanden kommt. Und das ist etwas, wovon Sie als Präsident nie genug haben können. Das Politparkett ist glitschig. Wer das Tanzen nicht beherrscht, macht sich schneller zum Affen, als ihm lieb ist. Sir.»

Tells Kiefer malten gegeneinander, während er den Blick stur auf den Tisch vor sich hielt. Serge war fertig mit Reden, hob sein Glas an die Lippen und trank einen Schluck. Tells Gedanken rasten durch die Windungen seines Gehirns und suchten nach Anhaltspunkten, nach Gefühlen und nach Antworten. Für einmal wollte er nicht bloss was sagen, einfach bloss antworten und gegenargumentieren. Er wollte erst überlegen. Er mochte Serge, als Assistent, aber auch als eine Art Freund.

«Sind Sie schon lange schwul?»

Serge hielt für einen Moment inne und blickte geradeaus, ehe er sagte: «Nun, Sir, das ist eine merkwürdige Frage. Ich denke, dass ich bereits als Teenager bemerkte, dass bei mir irgendwas anders war. Und dieses ‹anders› habe ich vielleicht schon ein Leben lang mit mir herumgetragen.»

Tell nickte. «Wollen Sie denn einmal heiraten?»

«Vielleicht. Es gehört viel dazu. Ich möchte mich nicht einfach so auf etwas einlassen und ein halbes Jahr später als Geschiedener dastehen. Sie verstehen ja, was ich meine.»

«Ja, ja. Sicher.» Tell nervte sich ob der Anspielung.

Serge fuhr fort: «Aber vielleicht gehört bei uns doch etwas mehr dazu. Es ist vielleicht nicht ganz so einfach, die Motive des Anderen zu durchschauen. Dann kommt der soziale Druck dazu. Die Familie. Der Hass in den Medien, der Hass in vielen Ländern. Die Beziehung kann deshalb genauso hart werden wie die Trennung. Es ist nicht leicht, Sir.»

Tell dachte über Serges Worte nach und nickte. «Ich werde Sie deswegen nicht entlassen, Serge. Kommen Sie, warum so ein Gesicht? Trinken Sie noch ein Glas. Wir brauchen Kraft für die kommenden vier Jahre. Wir sind ein Dream-Team. Arbeitstechnisch natürlich. Und erzählen Sie von Ihrer Gesinnung bloss niemandem.»

Die Bärenverlockung

Du hast keine Ahnung? Was soll das heissen, du hast keine Ahnung?» Ändu sass auf seiner Bettkante im Nobelhotel in Andermatt und war ausser sich. Auf der Smartwatch war das Antlitz von Schläppi zu erkennen.

«Wir waren noch nicht draussen. Hin und wieder hörten wir Bären oder so. Da habe ich die Anweisung gegeben, dass niemand rausgeht, solange wir von euch nichts hören.»

Ändu rieb sich die Augen mit den Handballen und atmete frustriert aus. «Schläppi, wir haben noch ein gutes Stück vor uns. Bevor wir uns wie die Volldeppen bis zum Ziel schleppen, möchte ich doch Gewissheit, dass der Plan funktioniert. Dass die Bären uns folgen. Ist doch verständlich.»

Schläppi nickte resigniert. «Okay, ich bin bald zurück.»

Der Bildschirm zeigte wieder die Uhrzeit an. Ändu liess sich auf den Rücken fallen und schloss die Augen.

Schläppi verliess das Zimmer, durchschritt einen Korridor und trat in das Zimmer seiner Kollegen, die sich mit einer Jassstunde die Zeit vertrieben. Nur ungern unterbrach er sie dabei. Als sie aber seinen Gesichtsausdruck sahen, legten sie die Karten nieder und blickten ihn besorgt an. «Meine Damen und Herren, ich habe einen neues Spiel für Sie. Kreuzli ziehen.»

Ein junger Mann, dessen Name Schläppi nicht kannte, klatschte in die Hände, kicherte und meinte: «Yeah. Ich kann diese Jass-Scheisse nicht mehr sehen. Endlich was Neues.»

Eine Frau mit kurzen Haaren klatschte ihm mit der flachen Hand auf den Hinterkopf.

Schläppi: «Wir machen dabei die klassische Zettelversion. Hier.» Er riss ein Papier in zehn etwa gleich grosse Stücke und legte sie vor sich auf den Tisch. Mit einem Stift malte er ein grosses Kreuz auf eines davon. Nun wurde dem jungen Mann etwas mulmig zumute, als er erkannte, dass es sich dabei wohl nicht um ein Spiel handelte. Schläppi sah sich im Raum um, ergriff einen leeren Kochtopf und stellte ihn auf den Tisch, bevor er alle Zettel zweifach gefaltet hineinlegte.

«Wer das Kreuz zieht, muss nachsehen gehen, meine Damen und Herren.»

«Was?», fragte der junge Mann unsicher.

Schläppi blies verächtlich die Luft aus. «Nach den Bären, was denn sonst?»

Dem jungen Mann entwich alle Farbe aus dem Gesicht, während er mit schreckgeweiteten Augen die anderen am Tisch ansah.

Schläppi hob den Topf in die Höhe, schüttelte ihn und knallte ihn auf den Tisch. «So, wer möchte den Anfang machen?»

Niemand wollte. Alle blickten stumm auf die Tischplatte.

«Ich», kam es schliesslich aus einer Zimmerecke. Die junge Aspirantin war dabei gewesen, verschiedene Raumduftöle zu mischen, als sie sich erhoben und den Finger gegen die Decke gestreckt hatte. «Ich», wiederholte sie. Langsam tapste sie zum Tisch, steckte die Hand in den Topf und zog einen Zettel heraus, den sie vorsichtig auseinanderfaltete. Sie atmete erleichtert aus. Dann liess sie den Kopf hängen und lief zurück in ihre Ecke, in der sie wieder mit einigen Fläschchen zu hantieren begann.

Allmählich regten sich auch die anderen. Einer nach dem anderen zog einen Zettel aus dem Topf. Erfolgreich. Also ohne das verheissungsvolle Kreuz darauf vorzufinden. Dann, ganz plötzlich, ein Kreischen. Eine Frau, Mitte vierzig, Irmgard hiess sie, blickte entsetzt auf das Stück Papier zwischen ihren Fingern und fing zu schluchzen an. Sie trug eine kleine Hornbrille und kurz geschnittenes Haar. Zwei Kollegen traten hinter sie und klopften ihr aufmunternd auf die Schulter. Die restlichen Anwesenden atmeten erleichtert aus. Irmgard wimmerte unterdessen auf dem Stuhl und musste sich von Schläppi bereits anhören, wie sie die Erkundung auszuführen hatte.

«Irmi. Raus, dann direkt rechts. Dann hinter die Häuser. Okay? Dann über die Brücke, schnell und leise. Dann wieder rechts. Dann links und geradeaus. So kommst du von der Seite her zum Bärengraben. Wirf einen Blick hinein und vergewissere dich, dass sich keine Bären mehr darin befinden. Danach denselben Weg wieder zurück. Das heisst erst geradeaus, dann rechts. Dann links. Schnell über die Brücke. Vor die Häuser, dann links, und schon bist du wieder bei uns. Verstanden?»

Sie starrte Schläppi bloss verwirrt durch ihre Brillengläser an.

«Gut so. Also komm, wir müssen uns beeilen, Ändu und die anderen warten ungeduldig.» Er führte die arme Frau am Arm aus dem Raum und begleitete sie bis zum bewachten Ausgang bei der grossen Halle. «Hier, für alle Fälle.» Schläppi drückte ihr eine Pistole in die Hand. «Smith & Wesson, ein Sammlerstück. Ich habe es im Schliessfach versteckt gehalten.»

Irmgard sah das Ding an, als müsste sie einen lebenden Skorpion in die Hand nehmen. Die Waffe wog fast ein Kilo. Irmgard kaum vierzig Mal mehr. Kein Fett, keine Muskeln, sondern bloss Gewebe, das die zierliche Frau zusammenhielt. Sie ergriff das Metallstück beidhändig und liess es zwischen den Beinen hängen. Ihr Blick wirkte unscharf.

Schläppi sorgte sich etwas, als er ihre Pupillen sah, die zitternd ungenaue Kreise im Auge zogen. «Einfach entsichern, zielen und abdrücken.»

Zwei Sicherheitsbeamte entriegelten das Tor. Schläppi schob die zitternde Frau hinaus und wünschte ihr Glück. Sie wollte noch was sagen, doch da hatte Schläppi die Tür bereits wieder zugeschlagen. Ein Schnappen, das vom Schloss stammte, liess sie zusammenzucken. Ein leichter Wind wehte an diesem Sommernachmittag. Kaum Geräusche. Bloss ein stetiges, leises Rauschen, das von der Aare stammte, die sich heute eher sanft um ihre Kurven wand. Irmgard atmete ruckartig und versuchte sich zu fangen. Die schwere Pistole verstaute sie in einem Rucksack, den sie danach kaum noch über ihre Schultern bekam. Sie warf noch einen Blick zurück und trabte dann langsam los.

Schritt für Schritt lief sie weiter, Schritt für Schritt versuchte sie, sich an Schläppis Angaben zu halten. Schon bald gelangte sie zur Brücke und blieb davor stehen. Als Brillenträgerin war ihr Sichtfeld stark eingeschränkt, und sie musste oft den Kopf, wenn nicht gar den ganzen Körper in die Richtung wenden, in die sie blicken wollte. Erleichtert stellte sie immerhin fest, dass sie weit und breit keine Bären sehen konnte. Keine Bären, keine Menschen, keine Vögel, keine streunenden Hauskatzen. Irmgards Augen füllten sich mit Tränen. Noch nie hatte sie sich so einsam gefühlt. Unzählige Male musste sie sich einen Ruck geben, um nicht in die Knie zu gehen und sich aufgelöst ihrem Schicksal hinzugeben. Sie erschrak ob fast allem. Sogar die Autokadaver wirkten wie schwere, erlegte Monster, die jeden Augenblick zum Leben erwachen und sie anfallen könnten. Mit ihren Scheinwerfern wie Augen, deren Blicke an ihr klebten.

Dann endlich, eher zufällig, stand sie plötzlich vor der Brüstung des Bärengrabens. Sie lehnte sich mit dem Rücken gegen die Brüstung und schluchzte während zehn Minuten. Dann raffte sie sich allmählich auf, erhob sich und blickte in den Bärengraben, dem ehemaligen Zuhause der Hauptstadtbären. Was sie sah, liess sie entsetzt aufschreien.

SRF Ersatzstudios, Basel

Das Schweizer Radio und Fernsehen hatte sich noch nicht mit den neuen Stadteigentümern Zürichs einigen können und sich darum für ein alternatives Bürogebäude in Basel entscheiden müssen. Da das Volk vor vier Jahren das Gebührenmodell endgültig bachab geschickt hatte, musste sich das Staatsfernsehen mit privater Werbung finanzieren. Deshalb stand Tell mit einer Dose Red Bull in der Hand vor der Kamera im schlecht beleuchteten Studio.

Eine Visagistin zupfte an seinen Haaren, schmierte noch einige Cremes und Pülverchen auf sein Gesicht und schnippte ein paar lange Augenbrauenhaare ab. «Perfekt», flüsterte sie und eilte davon.

Steven Klappton trat zu Tell. «George, ich danke für deine Zeit. Es ist schliesslich spät, und du musst morgen sicherlich wieder früh auf.»

Tell nickte. Er hatte keine Ahnung.

«Es geht gleich los.» Klappton eilte hinter sein Moderationspult, während die Kameraassistentin von zehn hinunterzählte. Der Moderator räusperte sich noch einmal, wartete die Einführungsmelodie ab und sagte: «Herzlich willkommen zu ‹Zwölf vor Zwölf›, meine sehr geehrten Zuschauerinnen und Zuschauer. Das ist eine ganz besondere Nacht mit einem ganz besonderen Gast.» Er zog das S in Gast weit auseinander und entblösste dann seine schimmernden Zahnreihen. «Wir begrüssen nun zum ersten Mal in unserer Sendung den ersten Präsidenten der Vereinigten Staaten der Eidgenossenschaft, ohne Genf. Präsident George W. Tell. Herzlich willkommen, Herr Präsident.»

«Danke, Steven.»

Klappton sprach einige Punkte an, befragte Tell zu dessen

ersten Wochen als Präsident, über die sie sich angeregt unterhielten. Als Klappton dann aber auf Bern zu sprechen kam, wechselte Tell abrupt das Thema.

«Steven, ich muss dir jetzt von einer meiner Erkenntnisse erzählen. Sie kam mir neulich, als ich mir eine Dokumentation von der bevorstehenden Reise zum Mars ansah.»

Klappton blickte etwas verdutzt. «Ja, natürlich», meinte er knapp.

«Danke. Nun, Steven, mir ist der letztjährige erneute Ausbruch dieses Vogelvirus in den Sinn gekommen, der fast zwei Millionen Menschen dahingerafft hat. Kurz vor der Katzengrippe und der neuen Form von Ebola, die sich in Billigtextilien einnisten kann und so nach Europa gelangte. Dann hat es mich wie der Blitz getroffen. Wir, Steven, *wir* sind der Virus. Wir haben Zivilisationen erschaffen, das Rad erfunden, Pyramiden gebaut, Feuer gemacht, Autos entwickelt, Flugzeuge, schliesslich Computer und Raumschiffe, Technologien und Wissen angehäuft, nur damit wir, der Virus Mensch, sich eines Tages weiterverbreiten kann. Unser Fortschritt ist nicht individuell entstanden, sondern das Resultat eines perfekt funktionierenden Virus. Auf den Mars erst, dann auf den nächsten Planteten, dann eines Tages noch weiter durch das Universum. Nichts ist Zufall. Die Natur, unser Virus, will es so. Wie würde uns eine noch grössere Lebensform wahrnehmen? Als ein Virus. Wir hinterlassen hier bald einen völlig zerstörten Planeten und planen bereits die Ausbeutung weiterer. Wir sind gefährlich, Steven. Gäbe es weise, vorausschauende Mediziner, würden die uns bekämpfen.»

Klapptons Gesicht war rot angelaufen. Er hatte keine Ahnung gehabt, was Tell sagen wollte, und war angesichts dieses halb philosophischen Ausritts ein wenig überrascht, gar irritiert. «Danke, Herr Präsident, für diese interessante Exkursion in Ihre Ansichten.»

Tell lächelte zufrieden. Endlich begriff die Welt, was für einen weisen Mann sie hier in der Schweiz vor sich hatten.

«Wir sind nach einer kurzen Einspielung gleich zurück, also bleiben Sie dran», unterbrach Klappton die Sendung.

Es folgten Werbeclips von einem Erotikshop, einem Hersteller von Klebeverzierungen für Autos und einer Agentur zur Imagepflege im Internet. Klappton und Tell unterhielten sich über die weiteren Themen. Tell hätte gern noch erzählt, wie er die Alternativenergie revolutionieren, Rassisten bekehren und den Welthunger bekämpfen würde. Doch dazu kam es nicht mehr. Klappton pochte darauf, über die Vorkommnisse in Bern zu reden, die Finanzsituation Zürichs und den Stopp der Emigration.

Bärengraben

Eiligen Schrittes marschierte Irmgard wieder Richtung Bundeshaus. Diesmal war sie weniger vorsichtig. Sie blickte kaum zu den Seiten, lief schnurstracks über Kreuzungen und Strassen, liess sich durch nichts beirren. Nach zwanzig Minuten kam sie schliesslich beim Bundeshaus an und klopfte an die Tür. Erst regte sich nichts. Keine Antwort. Nochmals Klopfen. Erst jetzt erschien einer der Wächter und beäugte sie skeptisch. Doch anstatt die Tür zu entriegeln, rief er erst nach Schläppi, um sicherzustellen, dass er sie überhaupt hereinlassen durfte. Ganze zehn Minuten wartete sie, bis sie endlich das erlösende Nicken Schläppis durch das Glasfenster sehen konnte.

«Hallo Irmi, wie ist es dir ergangen?»

Irmgard trat in den Saal, atmete erst einmal tief durch und meinte mit zittriger Stimme: «Keine Tiere. Keine Bären. Ich habe nichts gesehen, nichts gehört. Aber der Anblick im Bärengraben, der ist abscheulich. So was Schreckliches habe ich noch nie gesehen.»

Schläppi zog sie die Treppe hoch in ein Zimmer, das früher den Korrespondenten als Wartesaal gedient hatte. «Setz dich doch. Möchtest du ein Glas Wasser? Ein Bier?»

Irmgard schüttelte den Kopf. «Dieser Anblick wird mich noch ein Leben lang begleiten.» Sie fing leise zu schluchzen an.

«Nun sag schon, was hast du gesehen, wie viele Tote?»

Irmgard holte tief Luft. «Sie sind angekettet. An Bäumen, an der Mauer, an den Höhleneingängen. Überall Menschen. Ich konnte ihren Anblick kaum ertragen.»

«Oh mein Gott», murmelte Schläppi, «Wir müssen die Toten da rausholen, bevor sie verwesen.»

Irmgard sah ihn überrascht an. «Die sind nicht tot. Sie sitzen wie Schimpansen auf den Hintern und blicken leer durch die

Gegend. Sie haben gar nicht auf mich reagiert. Da war dieser Ausdruck in ihren Augen, fürchterlich.»

Schläppi tätschelte ihre Schulter. «Arme Irmi. Das tut mir leid.»

Ihr kam eine Szene aus dem Bärengraben in den Sinn. «Ein Mann, er trug einen Anzug, sicher von einer Bank, er knabberte an einer leeren Hamburgerschachtel und schleckte deren Ränder ab. Da war vielleicht noch etwas Ketchup oder Mayo. Zwischendurch kratzte er sich am Kopf.»

Schläppi bedankte sich für ihren Einsatz und eilte zu seinen Kollegen. «Sie sind weg!», rief er, als er in das Zimmer trat. «Der Plan hat funktioniert. Wir müssen …» Doch weiter kam Schläppi nicht. Die Luft wurde von einem grauenhaften Heulen durchschnitten. «Was um alles in der Welt war das?»

Ein junger Polizist, knapp zwanzig, sprang aus seinem Stuhl und eilte zum Fenster. «*Holy shit!*», rief er, «Wölfe.»

Schläppi glaubte sich verhört zu haben und kam ans Fenster. Dann drehte er sich enttäuscht um, wählte sich durch das Menü seiner Smartwatch und meldete sich bei Ändu. «Hier Kommandozentrale, Ändu, bitte kommen.»

Es verging ein Moment, bis sich Ändu ein wenig gelangweilt meldete. «Immer noch nichts?»

Schläppi blickte kurz zu Boden. «Oh doch, und ob. Bloss. Wie soll ich sagen. Also, fangen wir mal ganz von vorn an. Die Bären, ich gratuliere, sind weg. Wie es scheint alle. Der Plan hat funktioniert.»

Ändu sprang auf und jauchzte fröhlich.

«Ändu. Bitte. Das ist nur die halbe Geschichte.»

Ändu gefror fast auf der Stelle und blickt auf den kleinen Bildschirm.

«Das von den Bären hinterlassene Vakuum scheint von Wölfen ausgefüllt worden zu sein. Wir können nicht sagen, wie viele es sind. Aber als ich eben aus dem Fenster sah, konnte ich sicherlich drei Dutzend Tiere ausmachen.»

Ändus Kinnlade klappte herunter. Dann liess er sich unsanft auf das Bett fallen und vergrub das Gesicht in seinen Händen. Schläppi traute sich nicht, etwas zu sagen. Dann erklang ein Schluchzen, unterbrochen von gelegentlichem Würgen. Schliesslich übergab sich Ändu in seinem Bett. Immerhin musste Schläppi nicht zusehen. Er schaltete seine Smartwatch ab und setzte sich zu seinen Leuten an den Tisch. Diese starrten ihn bloss zermürbt an. Allen war klar, was dies bedeutete. Die Wölfe waren genauso gefährlich, würden sich aber nicht so leicht manipulieren lassen.

Schloss Turbio. Bad news

So ein Mist, Serge. Wie konnte das passieren?» Tell war zwar aufgebracht, jedoch nicht sonderlich überrascht. Der Umstand, dass Bären eine ganze Stadt übernehmen konnten, hatte ihn bereits auf weitere Überraschungen vorbereitet.

«Das klären wir gerade ab, Sir. Dennoch wird die Mission mit den Bären fortgesetzt. Immerhin ein Problem weniger.»

«Haben Sie etwas von unseren Türkeireisenden gehört?» Nach der Frage legte Tell ein breites Grinsen auf.

«Sie haben sich bereits dreimal beschwert. Einmal wegen des Essens. Dann wegen der renitenten Mädchen, die nicht mit sich sprechen lassen, und dann darüber, dass sie nirgends einfach so ein Cüpli trinken können. Ich denke, Sir, es geht den Damen genauso, wie Sie es sich erhofft hatten.»

Tell kicherte. «Sehr schön.»

«Sir, und noch eine gute Nachricht. Klara, sie hat bereits mehrere Male versucht, Sie zu kontaktieren. Sie sitzt auf den Cayman Islands in einer Quarantänestation, nachdem sie von einem Moskito gestochen wurde und sich eine tropische Krankheit eingefangen hat.»

Tell brach in schallendes Gelächter aus und musste sich festhalten, um nicht das Gleichgewicht zu verlieren. Dann fing er sich wieder, sah etwas ernst zu Serge und meinte: «Ich möchte gern ein waghalsiges Projekt in Angriff nehmen, Serge. Ich möchte gern eine neue Religion gründen. Sie wissen, ich bin überzeugter Atheist, so wie ein Grossteil dieses Landes. Und ich denke, nun ist die Zeit angebrochen, an etwas Neues zu glauben. Die Zeiten stehen auf Aufbruch und Wandel. Weg von Unsicherheiten und Krisen, hin zu Stabilität und Prosperität.»

Serge konnte sich nicht sonderlich für diese Idee begeistern, sagte aber nichts.

«Diese Kirche soll alle Atheisten vereinen, aber auch allen Anderen offenstehen, sofern sie sich von ihrem bisherigen Glauben lösen. Ich möchte die erste Kirche gründen, deren Ziel die Vereinigung aller Menschen ist. Hierarchielos. Ohne Gott noch dazu. Bloss der Glaube an den Menschen und das Gute in ihm, das so oft vom Schlechten übertönt wird. Und natürlich noch ein Leben nach dem Jetzt. Irgendwo, bloss nicht im Himmel oder in der Hölle. Auf einem anderen Planeten vielleicht. Oder in einer Parallelgalaxie. Auf jeden Fall müssen wir eine hohe Mauer drum bauen und unser Paradies bis aufs Letzte verteidigen.»

Serge schürzte die Lippen, als wolle er gerade was sagen, beschloss aber, sich weiterhin mit Schweigen zu begnügen.

Protokollsitzung Sitten

Sehr geehrte verbliebene Bundesräte. Ich danke Ihnen für Ihre Zeit. Wie Sie sicher wissen, wurden Ihre beiden Ratsgenossinnen in der Türkei verhaftet und zur Vernehmung eingesperrt, nachdem sie versucht hatten, die renitenten Mädchen mit einem Fluchtplan davon zu überzeugen, endlich in die Schweiz zurückzukehren. Auf normalem Weg schien sich kein Erfolg anzubahnen.»

Das waren echte Neuigkeiten. Die fünf Bundesräte trauten kaum ihren Ohren, als Tell den Satz beendete.

«Da ich mich nicht länger auf die Dienste der beiden verlassen kann, lade ich nun alles bei Ihnen ab. Ich habe mich entschlossen, den Bundesrat aufzulösen und einen neuen Mitarbeiterstab zu bilden, in dem Sie einsitzen und mir direkt unterstellt sind. Jeder und jede hat eine Aufgabe.»

Bashi, Hügeli, Sutter, Grübel und Stäubli spitzten erleichtert ihre Ohren. Sie hatten sich bereits darüber unterhalten, dass sie womöglich bald ohne Arbeit dastehen könnten.

«Serge wird Ihnen noch Ihre spezifischen Felder zuweisen. Aber erst einmal eine grobe Übersicht, zu der Sie sich nicht zu äussern brauchen.» Tell kramte ein Tablet hervor, strich ungeschickt darüber und räusperte sich. «Erstens möchte ich die administrativen Schritte zur endgültigen Wiedereingliederung des Kantons Zürich einleiten. Noch heute. Dann werde ich einen einstweiligen Ausreisesstopp verfügen, um der wachsenden Emigration Einhalt zu bieten. Dieses Problem kann natürlich nicht durch eine Mauer gelöst werden, sondern muss vom Kern her angegangen werden. Viel Arbeit also. Ich möchte wieder eine schlagkräftige Armee. Hierzu benötigen wir etwa eintausend Kampfroboter, dreitausend Drohnen und genauso viele IT-Spezialisten. Zweihundert Hacker und fünf Biowaffenexperten sowie eine neue Eliteeinheit, bestehend aus einem halben Dutzend mehrsprachiger Waffenspezialisten mit Cyborg-Körpergliedern.» Tell trank einen Schluck Wasser und fuhr fort: «Um das Image unseres Landes wieder aufzupolieren, möchte ich die Fussball-WM 2042 in die Schweiz holen. Kontaktieren Sie den Fifa-Präsidenten Roger Federer diesbezüglich. Genf, ja Genf gehört faktisch nicht mehr zur Schweiz, aber steht noch auf eidgenössischem Boden. Und hierfür berechnen wir der UN Abgaben und eine einmalige Kompensationszahlung. Des weiteren werden wir noch in die Ausbildung neuer Uhrmacher investieren, nachdem diese alle von Apple und Samsung abgeworben wurden und nun in den USA und Fernost tätig sind, so dass uns in der Schweiz bloss noch eine Handvoll dieser Meister verblieben ist, die es gerade mal schaffen, fünfzig Uhren im Jahr herzustellen. Sichern Sie Marc Hayek unsere Unterstützung zu. Dann werden wir in zwei Wochen nach Jerusalem fahren, um eine neue Zweistaatenlösung zu besprechen, die unter Trump zu einer Einstaaten- und unter Ahmedi zu einer Dreistaatenlösung geworden war. Dieser Röpa wird uns begleiten, da er einen raffinierten Plan erarbeitet habe. Da ich bin ich ja mal gespannt. Das kann ja nicht ewig so weiter gehen dort unten.»

Tell erläuterte die unzähligen weiteren Anliegen ohne seinen Blick vom Tablet zu nehmen. Das Tagesgeschäft würde gleichzeitig ein Nachtgeschäft werden, so realisierten die fünf ehemaligen Bundesräte während der Sitzung.

Graubünden, tief im Wald

Es war doch irgendwie spannend. Schade, dass es nicht mehr gebracht hat, als die Bären zwar aus Bern wegzuhaben, dann aber die Stadt kurz darauf an Wölfe zu verlieren», meinte das Anneli wehmütig. «Wir hatten ja ein ganz nettes Abenteuer. Ganz im Einklang mit der Natur, umgeben von Wildnis und gefährlichen Nagetieren und Bären. Es kam mir fast vor, als gäbe es keine andere Welt mehr.»

Ändu nickte. «Das stimmt. Ich habe wochenlang keine Nachrichten mehr gelesen oder gehört. Wer wohl alles gestorben ist in dieser Zeit, wie viele Kriege ausgebrochen sind und wie viele iPhones vorgestellt wurden? Vermutlich habe ich einen Grossteil meiner Facebook-Freunde verloren, weil ich nichts mehr gepostet habe und sie dies arrogant und überheblich finden.»

Tönu kicherte, und Chrigu schüttelte bloss den Kopf. Sie sassen an einem kleinen Fluss und zogen sich die völlig verrotteten Felle vom Leib. Endlich konnten sie diese Dinger verbrennen und sich das erste Mal seit Andermatt wieder richtig waschen und sich saubere Kleidung anziehen. Sie hatten sich an diesem Punkt mit ein paar Bündner Polizisten verabredet, die mit Fleisch ausgestattete Drohnen in die Wälder Italiens und Österreichs fliegen würden, um so die Bären zum Grenzübertritt ins Ausland zu bewegen. Für die Berner war hier Endstation.

«*Mission accomplished*», sprach Ändu in seine Smartwatch, die aber mit niemandem verbunden war.

«*Mission accompished*», pflichteten ihm die anderen bei.

Gerade als sie sich auf dem Gras niedergelassen hatten, hämmerte ein lautes Geräusch von Westen näher. Ein Hubschrauber kündigte sich an. Die Gruppe erhob sich und blinzelte gegen die untergehende Sonne. Dann erspähte sie die Umrisse eines roten Hubschraubers mit zahlreichen weissen Sternen auf der Unterseite. Das Fluggerät näherte sich der Gruppe und setzte zur Landung an, während sich die Polizeibeamten schützend bückten.

Als die Rotoren zum Stillstand kamen, wurde eine Tür aufgeschoben, und ein Mann sprang heraus. Die Berner trauten ihren Augen nicht. Es war Präsident Tell, der mit kräftigem Schritt auf sie zukam. Sie erhoben sich blitzschnell und sahen ihr Staatsoberhaupt gespannt an.

Tell trug eine Militäruniform, Kampfstiefel und einen Helm, den die Polizisten lediglich aus alten Kriegsfilmen kannten. Drei Meter vor ihnen blieb er stehen, salutierte und rief martialisch: «Meine Damen und Herren, endlich kann ich Ihnen persönlich zur erfolgreichen Mission gratulieren.»

Die Berner erwiderten das Salutieren, wobei nicht jeder zu wissen schien, wie genau dies durchzuführen war.

Tell nahm es gelassen. «Achtung!», schrie er dann.

Bloss Ändu stellte sich steif hin und blickte geradeaus.

«Wer von Ihnen ist Polizist Ändu?»

«Sir, Herr Präsident. Das bin ich, Sir.» Ändus Herz hämmerte vor Aufregung in seiner Brust, und er musste sich zusammenreissen, um nicht in Ohnmacht zu fallen.

Serge trat ebenfalls aus dem Helikopter und blieb davor stehen.

«Beamter Ändu, vortreten!»

Tell blickte unsicher zu Serge, der bloss die Achseln zuckte. Der Angesprochene trat einen Schritt vor und stand bloss noch einen halben Meter von Tell entfernt. Dieser griff in seine Jacke und zog eine kleine Schachtel hervor. Nach einem Schnappen war dessen Verschluss geöffnet.

«Beamter Ändu», rief Tell, «für Ihre ausserordentlichen Dienste am Vaterland erhalten Sie die Tapferkeitsmedaille der neu gegründeten Vereinigten Staaten der Eidgenossenschaft, vorläufig ohne Genf. Sie und Ihre Leute haben Mut und Kre-

ativität bewiesen!» Tell überreichte dem verdutzten Ändu die Schachtel, der diese mit weit geöffnetem Mund entgegennahm.
«Haltung, Ändu!», schrie Tell.
Ändu schloss sofort seinen Mund wieder.

Sitten. Später Abend

«Herein», meinte Tell, nachdem es an der Tür zu seinen Gemächern geklopft hatte.

Serge trat mit einem zufriedenen Gesicht zu Tell, der am Fenster stand und über die Stadt Sitten blickte.

«Sehen Sie sich diese Stadt einmal an, Serge. Sie ist klein, irgendwie niedlich. Und dennoch hat sie viel erlebt. Sie bot den Kelten ein Heim, den Römern, den Sarazenen. Die Savoyen waren hier, Napoleon, unsere Nachbarn aus Österreich. Und jetzt stehe ich hier. Der erste wahrhaftige Präsident der Eidgenossenschaft. Ohne Genf. Sie haben recht, Serge, das ‹Ohne Genf› ist wirklich umständlich. Lassen wir es weg. Vergessen wir es einfach. Und blicken nach vorn. Legen wir den Grundstein dafür, dass uns eines Tages Österreich, Bayern, die Lombardei, das Piemont, das Aostatal und das Südtirol, vielleicht sogar noch Venezien als neue Kantone beitreten möchten. Sie sollen neidisch auf uns blicken, den Fels in der Brandung eines stürmischen Europas, in dem nichts mehr so ist, wie es einmal war, und in dem der Startschuss zum Dritten Weltkrieg bloss noch Wochen entfernt zu sein scheint.»

Serge stellte sich direkt neben Tell, sah über die kleine Stadt unter ihnen und fügte hinzu: «Und es soll ein Hort für Andersdenkende, Anderslebende sein. Schutz vor Repression, Verfolgung und Hass.»

Tell verzog keine Miene und nickte bloss. «Womöglich im Bereich des Machbaren», sagte er nur.

Serge klopfte ihm auf die Schulter, drehte sich um und verliess wortlos den Raum.

Tells Gedanken rasten in die Zukunft. Was wird man über mich in fünfzig Jahren schreiben? Erlöser der Schweiz? Retter der Nation, Retter von Europa? Des Westens, wie wir ihn einmal kannten? Retter der Armen, der Willigen, der Entrückten und Vertriebenen? Schlächter der Idioten, der Eliten? Nun wird also angepackt. Es wird gearbeitet und geopfert. Es geht bloss vorwärts, kein Blick zur Seite, keiner zurück. Es raucht, es stampft, es walzt, die Drähte brutzeln, die Bytes fliegen, und das Internet nimmt alles in seinen Mutterschoss auf, um es sorgfältig und sicher zu behüten.

Die Schweiz wird wieder fantastisch, sie wird wieder grossartig werden!